내가 아니라
그가
나의 꽃

내가 아니라
그가
나의 꽃

이원하 산문

차례

제주, 네팔_008

부다페스트_208

그는 안경을 통해서만 나를 보기에,
나를 잘 모르는 걸지도 몰라요

제주에서

혼자 살고

술은 약해요

혼자 살고 술은 약하다는 말은 사실 구조 요청 메시지였어요.

남자 혼자 사는 집에 갔었어요.

취했고, 밤이었고, 마당이 있는 집이었는데 남자는 마당에 놓인 의자에 나를 혼자 앉혀두고 어디론가 사라지더니 가위를 들고 나타났어요. 비어 있는 내 이마에 앞머리를 만들어주기 위해서였죠. 남자는 도자기를 빚는 사람처럼 자세를 잡았고 나는 도자기가 되었어요. 안채에서 흘러나오는 불빛에 의지해 싹둑, 소리와 함께 아주 가까이에 남자의 허리가 보였어요. 부끄러웠지만 눈 감을 수 없었어요. 눈 감으면 뽀뽀해야 하잖아요. 비밀인데, 남자의 바지춤 아래를 훔쳐봤어요. 저 안에는 어떤 모양이 있을까요.

앞머리가 완성되고 남자를 따라 안방으로 들어갔어요. 남자는 이불을 곱게 깔고 나서 나를 쳐다보더니 갑자기 이상한 행동을 했어요. 베개 하나를 딸랑 챙겨 혼자 서재로 가버리는 거 있죠. 같이 자는 줄 알고 이마까지 전부 내어줬는데. 잠만 자라고 하면 옆에 누워서 얌전히 말 잘 들을 수 있었는데.

남자는 아침 비행기를 타고 육지로 가버렸어요.
언제 온다는 말도 없이 떠나버렸어요.

도대체 왜, 내가 손으로 이마를 가리면서 이마를 내놓고 다니는 일은 이제 그만두고 싶다고 한 말을 앞머리가 가지고 싶다는 말로 이해했을까요. 말은 말이 전부가 아니라는 걸 몰라서 그랬을까요. 왜 그랬을까요. 아직은 때가 아니어서 그랬을까요. 아니면 남자는 소년이라서 참았을까요.

눈썹을 겨우 가리는 앞머리가 과연 어디까지 자라야 그 남자가 다시 제주에 올까요. 앞머리 길이가 문제가 아니라면, 내가 엎드리면 올까요. 내가 일어서면 올까요. 제주에 눈이 내리면 올까요. 종이로 비행기를 접어 날리면 올까요.
보고 싶은 마음이 커질수록 자꾸 계산을 하게 되었어요.
내 얼굴이 별로 안 예뻐서 제주에 안 오나 싶어 종일 거울만 본 날도 있었어요. 거울을 봐도 안 오고, 거울을 두드려도 안 오니 편지 아닌 편지를 쓰게 되었는데 그 편지의 첫 문장이 이렇게 시작해요. 저 아직도 제주에서 혼자 살고 술은 약해요.

동경은

편지조차

할 줄 모르고

섬에서 매일 편지를 기다렸어요.

매 순간 기다렸어요.

편지는 주소를 반드시 적어야만 도착하는 것이 아니에요. 이름만 적어도 도착해요. 이 섬에는 사람이 많이 살지 않으니 이름만 적어도 가능한 일이에요. 편지는 낮에만 도착할 수 있는데, 하루는 낮이란 낮은 전부 사라졌으면 좋겠다고 생각했어요. 내가 아무리 손을 들고 기다려도 편지가 도착하지 않을 거라는 걸 알았으니까요. 사건은 없어도 눈치는 있으니까요.

남자가 곧 삿포로에 간다는 소식을 남에게 전해 들었어요. 섬에 살고 있는 입장에서 말하건대, 살면서 섬을 질투하게 될 줄은 몰랐네요. 일본은 자주 가면서 제주는 도통 빈 마음으로도 오지 않아요. 이쯤 되면 그 남자가 미워질 만도 한데, 그래도 그가 좋아요. 담배 냄새가 풍겨도 좋고 술냄새가 풍겨도 좋고 나를 째려보아도 좋고 두꺼운 손도 좋아요. 이렇게 매번 낮이 사라지기를 바라면서도 빛이 드는 곳을 힐끔거리네요.

한낮을 힐끔거리다 새 마음을 먹습니다.

바다가 아름다운 이유는 동경이 꾀기 때문이라고 '시'에 적
었어요. 물 위를 그가 떠다녀요. 바다 앞에만 서면 그와의
미래를 꿈꾸게 돼요. 내가 삿포로에 따라가지 않는 이유를
알려드릴까요. 혹시나 동경이 현실이 된다면 그때 생길지
도 모르는 아이 때문이에요. 그곳이 얼마나 위험한지 얼마
나 안전한지 잘 모르잖아요. 마음 같아서는 삿포로에 가는
남자의 등을 꼬집고 싶지만 그러지 못해요. 내가 손만 잡아
도 죽어버릴 거라고 소리치는 남자지만 그의 얼굴을 그저
바라만 보아도 자꾸 새보다 큰 소리로 웃게 돼요.

새는 바다를 건널 수 있어요.
새는 동경을 아래에 두고 살아갈 수 있어요.

나는 웃을 일이 없어도 새보다 크게 웃을 수 있어요.

눈 감으면

나방이 찾아오는 시간에

눈을 떴다

가끔 두드리죠.

이성에 대한 호기심을요.

그와 놀 것 다 놀고 혼자 집으로 돌아와서는, 옷소매 안쪽에 숨겨두었던 그의 머리카락을 한 올 꺼냈어요. 그러고는 망설임 없이 입속에 넣고 삼켰어요. 마음에 드는 이성을 내 것으로 만들고 싶을 땐 상대의 머리카락을 먹으면 사랑이 이루어진다고 어느 책에 쓰여 있었거든요. 그래서 망설임 없이 삼켜버렸어요. 평소 처음 먹어보는 음식에 두려움을 잘 느끼는 편인데, 이번엔 급해서 두려움을 느낄 틈이 없었네요. 누군가 내 안으로 들어온 건 처음이라 아랫배를 슬쩍 만져봤어요. 나 이대로 죽는 걸까요. 여러 복잡한 생각 때문에 나방이 활동할 시간에 도통 눈을 감지 못했어요.

그가 없는 곳에서, 그에게 고백하는 내 모습이 보이네요.

고백은 내 입술에 살아요. 여기서 오래 살았어요. 용기가 가슴에 얹혀야 비로소 고백할 수 있을 텐데 내 속은 물 한

잔 없힌 적이 없어요. 내가 이러고 망설이는 동안 옆집 할머니는 마당에 빨래를 널고 계시고, 다른 누군가는 유채꽃을 보며 개나리라 부르고 있어요. 그리고 그는 손바닥보다 작은 빵을 두 시간이나 넘게 먹고 있는 나를 혼내고 있어요. 어쩜 사랑이 이래요. 작은 빵을 두 시간 넘게 먹고 있는 이유를 이 남자는 정녕 몰라서 저러는 걸까요. 잘 생각해보세요. 다 먹는 순간 나를 집으로 보내버릴 거 아니에요. 나 절대로 천천히 먹을 거예요. 천천히 꼭꼭 씹어 먹고 있는 와중에 갑자기 빵이 없힐 것 같아요. 이 남자 설마, 나랑 단둘이 있는 게 불편한 건 아니겠죠. 저녁은 왜 이리도 짧은 거죠.

그가 없는 자리에서 나는 매번 혼자 펴요.

대본에 없어도 펴요.

벌레의 수많은 다리보다도 두려운 건 그를 영영 만나지 못할 경우예요. 나 대비해둔 거 없어요. 나 대신 대비해줄 사람도 없어요. 누군가는 우릴 보며 악연이라고 손가락질하죠. 한편에선 인연이라 하고요. 그를 처음 만났던 날 느낀 건데, 우린 인연이 맞아요. 오로지 나만 편애받고 싶은 마음에 그의 곁에서 별별 소란도 피워보고, 엄살도 떨어보고, 웃기도 웃어보고 다 했는데 아직 조금 부족한 인연이에요. 결국은, 고백이겠죠. 우릴 보며 악연이라 손가락질하던 사람들은 말하죠. 하늘에 비행기가 새보다 많이 날아다녀도 섬에 나타나지 않는 그가 뭐가 그리 좋냐고. 인연이라 말하던 사람들은 다시금 말하죠. 하루라도 빨리 고백하라고.

말해서 꿈처럼 된다면야, 나 당장이라도 고백하죠.

서운한 감정은

잠시라도

졸거나

쉬지 않네요

그가 남자를 좋아하는 건 아닐까 생각 들 때가 있어요. 그의 차에서 발견된 파운데이션은 그가 남자를 만나러 갈 때 사용하는 게 아닌가 싶었죠. 내가 헛것을 본 거라고 생각했어요. 그가 여장을 하고 밤에 돌아다닌다는 이야기도 들었어요. 헛소리를 들은 거라고 생각했어요.

도대체 당신은 왜 일을 이렇게 만들었습니까. 왜 그날마다 그때의 풀이 잔뜩 죽도록 만들었습니까. 왜 매번 나만 무관심하게 처리하는 것입니까. 내가 서 있는 자리에는 사람도 없고, 나도 없는 것 같습니까. 내 마음속에 들어와봤자 복잡한 일만 생길 것 같아서 그럽니까. 그것도 아니라면, 왜 내가 당신을 온전히 누릴 수 있는 시간을 자꾸만 망치려 듭니까. 뒷받침이 될 만한 말이 있을까 싶어 이 상황을 뒤집어보았더니 뒷받침이 없더군요. 그래서 하는 말입니다.

이 복잡한 감정이 눈에서 터졌는데, 복잡한 감정을 닦아내기엔 내 손짓이 부족해요. 용서해버리고 온전히 사랑만 하고 싶지만, 용서는 혼자서 할 수 없죠. 하는 수 없이 오늘도 새벽 늦게 잠이 들죠.

언제부턴가 그가 웬 남자를 데리고 다니기 시작했어요. 나와 단둘이 밥을 먹는 시간에도 매번 데리고 왔고, 벚꽃 아래서 나를 보며 웃어주는 시간에도 옆에 다른 남자가 있었어요. 처음에는 몇 번 데리고 다니다가 말 줄 알았는데, 점점 세 사람 사이에서 헤매는 사람은 내가 되더군요. 그래요. 상황이 이렇게 된 것은 표정이 밝은 내 탓이에요. 내가 표정을 괜찮게 지어서 남에게 좋은 일이 생긴 거예요.

작년에도 이렇게 봄이 갔는데, 올해도 이렇게 가나요.

속은 한 번 상하면 돌이킬 수 없어서 아껴야 하는데, 이미 돌이킬 수 없게 되어버렸어요. 그래도 나는 그가 좋아요. 이 사실을 그의 앞에서 외치고 싶지만, 외치고 싶을 때마다 가능한 한 그가 없는 길에 서서, 그가 보인다면 그로부터 제법 멀리에 서서, 그리고 최대한 비좁은 자리에 서서 외치려 하고 있네요, 매번. 파도마저 나를 뒤집지 못하고 등을 지는 이러한 상황 속에서도 그가 좋은 이유에는 타당한 뒷받침이 있어요. 지난가을 백록담에서 그가 내게 한 말이 그 뒷받침이에요.

그래서 내가 이 모습인 거고, 그래서 내가 이 모양인 거예요. 그림자는 참 지독히도 당신을 따라다니죠. 앞으로는 그림자가 지지 않는 곳에서 만나요. 걷다가 발을 살짝 삐끗할 때 우리 빼곤 아무도 눈치채지 못하는 곳에서 만나요. 기회의 회생을 위해 다시 벚나무 아래서 만나요. 만나서 예전처럼 좋다면 이제는 둘이서만 만나요. 작년 봄 벚나무 아래서처럼, 자주 당신 아래서처럼, 눈 감고 기다릴게요. 세상이 궁금해도 눈 감고 기다릴게요. 볼에 찬물이 떨어져도 눈 감고 기다릴게요. 졸리지 않아도 눈 감고 기다릴게요. 꿈속에서도 절대 눈 뜨지 않고 기다릴게요.

당신이 꽃으로

글을 쓸 때

나는 당신으로

시를 쓰지요

낮을 낮이라 부르는 것처럼 내게 자연스러운 일은 읽는 일 같아요. 별다른 일이 없어도 읽고 별다른 일이 있어도 읽으니까요. 혼자 지내는 시간이 길어도 읽고 짧을 때도 읽어요. 책을 고르는 취향이 없던 당시에는 무엇이든 읽었고 취향이 생긴 지금은 취향을 읽죠. 내게 읽는 일이란 이렇듯 아무 의미 없이 하는 행위 같아요. 오히려 물을 좀 자주 마셔야 한다고 생각합니다.

앞으로는 물도 자주 마시고 솔직하게 말하며 살고 싶어요. 그래서 하고 싶은 말은 쓰는 일이 내게 큰 의미가 있다는 것이에요. 시인이 되고 싶었던 이유는 한 사람 때문이었어요. 그에게 잘 보이고 싶어서 시를 쓰기 시작했죠. 시를 쓰면 예뻐할 것 같았고 나아가 시인으로 등단하면 더 예뻐할 것 같았어요. 나요, 친구들 앞에서 되게 솔직한 사람인데 그의 앞에선 주머니처럼 숨길 것이 많아져요. 왜 시인이 되려고 했는지 그 사람은 아직도 몰라요. 모르게 놔두느라 마음 아플 때가 많지만 주머니처럼 여태 속마음을 숨기고 있어요.

등단하고 나서 일 년 동안 청탁을 굉장히 많이 받았어요. 일주일에 한 편씩 써내야 감당됐죠. 이제 시인으로 등단 했으니 시인으로 잘나가면 그가 좋아할 것 같아서 좋은 시를 쓰기 위해 노력했고, 노력하느라 점점 더 고독으로, 고독으로 빠져들어야만 했어요. 많이 뒤척였으며, 뒤척이던 그 자리를 오랜 기간 벗어나지 못했는데도 그는 내 사정을 하나도 모르는 것 같아요. 자신은 매번 뱀 같은 눈으로 나를 전부 꿰뚫어본다고 생각하지만, 아니에요. 그는 그냥 착한 소예요. 가끔 미치는 걸 보아도 그렇고 꽃을 좋아하는 것도 그렇고요.

그는 꽃을 너무 좋아해요. 머리에 꽂을 정도로 좋아하는 건 아니지만 꽃을 좋아해요. 그래서 내 시에 꽃이 많이 등장하는 거예요. 그러고 보니 내 태몽이 꽃이네요. 장미꽃.

그에게 하지 못한 말들을 조금 더 비밀스럽게 만들면 그게 '시'가 돼요. 그렇게 쓴 시를 매번 그에게 보내요. 나의 글을 세상 누구보다 먼저 받아보는 독자이자 나만의 당신이죠. 최선을 다해 속마음을 시에 담아내고 있는데, 그는 읽으면서 내 마음을 아는 건지 모르는 건지 모르겠어요. 알면서도 모르는 척하고 있는 걸까요. 왜냐하면 나보다 나이가 많은데도 나이 어린 소년 같거든요. 하여튼 하고 싶은 말을 전부 작품에 담다보니 쓰는 일을 멈출 수가 없어요.

그를 당장 가지고 싶어도 잠시 외면할 수밖에 없는 이유가 뭘까 생각해봤어요.

언젠가 그의 몸에 동그라미를 그린 적이 있었는데요. 동그라미만 그리려 한 건 아니었어요. 세모와 작대기를 염두에 두고 동그라미를 하나씩 치기 시작했죠. 이마에 하나, 눈에 하나, 어깨에 하나, 엉덩이에 하나, 둘. 동그라미가 많아질수록 그가 더 좋아졌어요. 하지만 그 남자도 나도 글을 쓰기 때문에 고독을 쥐고 살아야 해요. 고독을 쥔 손에도 동그라미 하나. 가슴 아프지만 우리는 글을 써야 해요. 자주 만나면 행복해하느라 글이 덜 써질 거예요.

'행복'이라는 단어를 꺼내니까 생각나는 게 하나 있어요. 등단하고 나서 했던 첫 인터뷰에서 "등단해서 행복하십니까?"라는 질문을 받았었어요. 그때 내 대답은 행복하지 않다는 거였어요. 시인이 되었다고 행복을 얻을 순 없어요. 행복은 원래 장기적인 싸움이 될 수 없어요. 그를 만나도 나는 마냥 행복해할 수 없어요. 만나러 가는 길에 잠깐 행복감이 느껴질 뿐이지 만난다고 얻어지지 않는 게 행복이라면, 행복이에요.

책을 읽는 건 쌀과자를 씹는 기분이고, 시를 쓰는 건 호수에 동전을 던지는 기분이고, 그 남자를 눈앞에 두는 건 뿌리내리는 일에만 급급한 나무가 된 기분이 들어요. 나무의 언어는 나무를 통해서만 전달될 수 있어요. 그렇기 때문에 내가 매번 종이에다 할말을 적는 것이에요.

동쪽에서 서쪽으로

이어진

긴 하루의 동선

섬을 반으로 접으면 내가 사는 곳과 모슬포항이 만나요. 그가 부탁했어요. 모슬포항에 하루 머물면서 시를 써달라고. 그 시로 시인이 되라고. 내가 하루 묵을 공간은 건물 전체가 식물로 뒤덮인 곳이었어요. 낭만적인 만큼 벌레도 많아 보였지요. 지도를 검색해보니 모슬포항까지는 버스로 네 시간을 가야 했어요. 버스를 오래 타는 일은 내게 행복이에요. 많은 생각을 할 수 있으니까요.

버스에 오르고 햇빛이 들지 않는 그늘진 자리에 앉았어요. 그리고 버스에 오르는 승객들을 창밖으로 하나하나 구경했어요. 다들 어디론가 부지런히 향하고 있었지요. 그때 몸짓이 유난히 느린 할머니 한 분이 눈에 들어왔어요. 몸에 힘이 하나도 없으셔서 버스에 오르는 데만 십 분은 걸리신 것 같았어요. 그마저도 모르는 승객의 도움을 받아 겨우 오르셔야 했지요. 그런 할머니에게 버스 기사님은 소리치셨어요. 거동도 힘들면서 외출은 무슨 외출이냐고.

좌석에 앉은 할머니는 말이 없으셨어요. 그런 할머니를 유심히 지켜보는 아주머니가 계셨는데, 나는 그 아주머니를 유심히 지켜봤어요. 몇 정거장쯤 지나쳤을까요. 아주머니가 얼굴을 일그러트리며 소리치셨어요. 잠드신 줄 알았던 할머니가 다리 밑으로 오줌을 흘리신다고. 당장 버스를 세우라고. 비상이라고.

몇 안 되는 승객이 전부 일어났어요. 버스 기사님은 119에 전화를 걸어 상황을 설명하셨고, 이후에도 전화를 끊지 않으시며 구급대원이 시키는 대로 할머니의 이곳저곳을 확인하셨어요. 움직임이 없는 할머니를 좌석과 좌석 사이에 눕히고는 몸 이곳저곳을 계속 주무르셨어요. 버스 안의 침묵은 시끄러웠어요. 할머니의 코에 손을 대본 버스 기사님은 구급대원에게 숨이 멈춘 것 같다고 하셨어요. 수화기 너머로 할머니의 현재 얼굴색을 묻는 구급대원의 말소리가 들렸는데 버스 기사님은 할머니의 얼굴이 워낙 거메서 하얀지 노란지 잘 모르겠다고 하셨어요. 내 눈에는 하얗게 보였지만 내 눈을 의심하고 싶었어요.

예상했던 시간보다 훨씬 늦게 모슬포항에 도착했어요. 아무것도 할 수 없었어요. 제주에 살면서 죽어가는 사람들을 너무도 많이 보았어요. 어떤 사람은 까맣게 죽었고, 어떤 사람은 하얗게 죽었어요. 그가 부탁한 시를 써야만 했는데 집중이 안 됐어요. 식욕도 없었어요. 일찍 도착한 숙소에 누웠으나 잠도 오지 않았어요. 불면의 시작이었어요. 시를 쓰지 못하고 휴대폰 메모장에 오늘 있었던 일을 적었는데, 그게 시가 됐어요.

여전히 슬픈 날이야,

오죽하면

신발에 달팽이가 붙을까

좋아하는 남자의 사진을 들고 무당을 찾아갔어요.
다녀와서는 시를 한 편 썼고요.

되게 믿을 만한 무당이었고, 나에겐 이런 시기가 있었네요. 벌레가 무서워서 울고, 쓸쓸해서 울고, 분명 혼자인 걸 두려워하지 않는 사람인데 사실은 그 반대인 것 같아서 울던 시기가요. 섬에 정착한 지 며칠 안 되어서는 별안간 앞으로 한두 달만 대충 이곳에서의 생활을 버티고 육지로 돌아가버리겠다고 마음먹었어요. 그러기 위해서는 우선 집을 빼야 했고, 집을 빼려면 집주인에게 전화를 걸어야 했는데 그에게 전화를 걸었어요. 내가 상상했던 제주의 삶은 이런 게 아니었다고, 뭔가 잘못된 것 같다고, 나약한 마음이 불어온다고. 이렇게 말하며 훌쩍이니까 그가 이러더군요. 제주에서는 마음껏 울어도 된다고. 우는 게 득이라고.

그는 정착을 모르고 떠돌아다니는 사람이에요. 떠도는 일이 직업이래요.

하루는 그가 운전해주는 차에 올라탔어요. 죽으러 가는 길

이어도 상관없었기 때문에 우리가 어디로 향하는 거냐고
묻지 않았어요. 입을 다무는 대신 운전대를 잡은 그의 손
등과 반팔 셔츠에 끼워진 팔뚝과 오른쪽 귀를 훔쳐봤는데,
그 어느 부위보다도 속눈썹이 내 마음을 사로잡았어요. 민
들레 꽃씨보다 더 부드러워 보이는 털이었거든요. 아마 털
에도 손가락이 존재한다면 그의 속눈썹은 네번째 손가락
일 거예요. 손가락 중에서 가장 지문이 연하고 부드러운 손
가락이 네번째 손가락이라는 연구 결과를 어디선가 본 적
이 있거든요. 그의 날숨에 나는 얼른 들숨을 쉬었는데 따
뜻한 봄냄새가 났어요. 상대방의 체취가 좋게 느껴진다면
그들은 천생연분이라는 연구 결과도 본 적이 있어요.

앞으로 내게 남은 인생은 이 남자다, 싶어서 무당을 찾아
갔죠.

무당은 선불로 돈을 챙기자마자 돌연 할머니로 변신해서는
귀신이 전하는 말 대신 어른으로서의 충고를 해준다고 했
어요. 들어나봤어요. 붓질이 아닌 칼질 같은 말투로, 그를
만나면 내 인생이 망가질 거라고 했어요. 게다가 내가 제주

도와 어울리지 않으며 이 섬에서 절대 시인이 되어 나갈 수 없다고도 했어요. 무당의 칼질에 이마가 아플 뻔했지만, 나에게는 나를 받쳐줄 이론이 있었어요. 마음속으로만 이렇게 되뇌었지요.

저는 사주에 땅만 많고 물이 없어서 바다에 둘러싸인 섬 생활이 인생에 큰 도움이 돼요. 게다가 그의 사주가 온통 물바다라서 심적으로나 역학적으로 우린 서로 끌리게 되어 있고, 서로에게 귀인이 될 수 있다고요.

집으로 돌아가는 길, 나는 골목이 기우는 대로 흘렀어요.

어디선가 이 글을 읽고 있을 당신에게 이 말을 전할게요. 당신은 나만 믿고 따라오면 돼요. 잘 살던 내가 당신을 만난 것처럼 당신도 잘 살다가 나를 만났을 거예요. 잘만 살던 내가 이제는 잘 버티는 사람이 되어버렸고 당신 또한 어떤 식으로든 한없이 무료한 시간을 나무가 바람 버티듯 나를 버티고 있을 거예요. 제주에 내려오던 해에 이 섬에서 시인이 되지 못하면 바다가 있는 창밖으로 뛰어내리겠다는 생각을 가지고 있었어요. 다행히 시인이 될 수 있었고, 잘만 하면 당신을 가질 수도 있게 되었어요.

당신에게 놀아나는 내 인생이 나는 좋아요. 당신으로 탕진하는 내 삶이 좋아요. 세상 모든 사람들이 당신을 포기하면 좋겠어요. 나만 당신을 잡게요.

조개가

눈을 뜨는 이유

하나 더

씻고, 헤어드라이기를 작동시켰다가 그만, 온 동네가 정전이 되어버렸어요. 네팔의 테두리에선 전기를 조심스럽게 사용해야 하는데 알면서도 순간 방심했던 거죠. 실수의 영향력에 놀라 숙소 1층으로 내려가보니 그가 그곳에 서 있더군요. 그는 내게 전기는 곧 들어올 테니 걱정하지 말라는 숙소 주인의 말을 대신 전하며 별빛이나 쐬러 나가자고 했어요. 우리는 별빛 아래 앉아 한국에서 챙겨 온 소주를 마셨고, 11월은 네팔에 오기 좋은 달이라는 이야기를 나누었고, 모든 이야기가 뿔뿔이 흩어질 때쯤 그가 내게 마지막 연애는 언제였냐고 물었어요. 나는 머리부터 발끝까지 전부 새거라고 대답했어요.

나의 처음이 너라면 좋겠어요.

네팔 트래킹중 하루는 버스를 탔어요. 걷는 게 죽을 맛이었거든요. 버스 안에서 눈 좀 붙이려고 했는데 길이 험한 탓에 버스가 팝콘 튀듯 심하게 흔들렸어요. 창문이 떨어져나갈 지경이었죠. 도통 잠을 이룰 수가 없었어요. 그런데 이 소란에도 그는 아랑곳하지 않고 깊은 잠에 빠져 있더군요.

평소 역마살을 때우느라 많이 피곤했나봐요. 그의 잠든 얼굴을 빤히 바라보다가 괜스레 그를 깨우고 싶어졌어요. 얼굴을 꼬집을까, 손등을 간지럽힐까, 고민하다가 작은 목소리로 선배, 라고 불렀는데 그가 눈을 떴어요. 쉽게 열린 그의 눈은 마치 조개 같았어요. 비린내 안 나는 조개요.

조개는 바다의 비릿하고 짠맛으로 먹지요. 하지만 그는 어떤 맛인지 잘 모르겠어요. 냄새로 맛을 파악하기에는 그에게 아무 냄새도 안 나. 하루는 그의 냄새를 수소문하다가 그가 벗어둔 옷과 그가 마시던 컵을 집어 냄새를 맡아봤는데요. 섬유에서조차도, 커피에서조차도 그의 냄새를 찾을 수 없었어요. 혹시 귀신이 아닐까 싶어서 그의 얼굴을 찬찬히 살펴보기도 했는데요. 코에 점이 있는 걸 보니 귀신도 아니었어요.

아, 냄새가 난 적이 있긴 있어요. 그가 내게 국을 끓여주던 날이었어요. 그때 그에게 국냄새가 났어요. 앞치마를 두르고 부엌에 선 그의 뒷모습을 바라보다가 괜히 앙큼해져서는 그에게 무어라 말을 던졌는데, 내가 던진 말에 그는 특이하게 반응했어요. 그날 하루 앞치마를 벗지 않은 채로 나를 슬슬 피해 다녔어요. 거실에 앉아 책을 읽으면서도 앞치마를 두르고 있더라니까요. 한참이 지나서야 앞치마로 남자들만 가지고 있는 부위를 가려야 했다는 걸 눈치챘죠. 기름칠이 덜 된 로봇처럼 행동하던 그날의 그는 마치 이렇게 말하는 것 같았어요. 사실은 자신도 전부 새거라고.

맞죠?

바다는

아래로 깊고

나는 뒤로 깊다

그는 독한 직업병에 걸려서 매번 나의 상상만 자극시켜놓고 뒤로 빠져요.

나 또한 별반 다르지 않을 테지요.

바람은 선선했고, 예약하기 힘든 식당이었고, 우리는 가장 좋은 자리를 배정받았어요. 운이 좋은 날이라는 생각이 들어서 그에게 터질 것 같은 질문을 하나 던지기로 마음먹었죠. 와인잔을 내려놓는 그의 얼굴에 대고 어느 날 갑자기 우리의 영혼이 뒤바뀐다면 무얼 가장 하고 싶냐고 물었어요. 그리고 길쭉한 대답을 기다리고 있었어요.
그가 눈알을 위로 굴리며 시간의 공백을 만들길래 나는 머릿속으로 당장이라도 폭발할 것 같은 화산을 하나 그렸는데요. 그의 대답을 듣는 순간 화산의 분화구에서 찔끔, 콧물이 나왔어요. 어찌나 대답이 싱겁던지요. 취기가 오르면 대답이 선명해지지 않을까 싶어서 장소를 새빨간 매운탕 앞으로 옮겼는데도 참 멀겋게 대답하더군요.

난 그와 영혼이 바뀔 수만 있다면, 글쎄요.

그는 내 대답이 궁금하지 않았는지 끝끝내 나에겐 묻지 않았어요. 씻고, 자려고 누웠어요. 심통 맞게 생긴 눈썹과 넉넉한 턱이 그를 쏙 빼닮아서 내가 매일 데리고 잠이 드는 곰 인형을 꽉 끌어안았지요. 끌어안은 채로 곰 인형의 냄새를 맡다가 살짝 부족하다는 생각이 들어서 잠옷 속으로 곰 인형을 넣어버렸어요. 맨살에 닿는 곰 인형의 감촉은 좋았어요. 내 안으로 들어온 게 곰 인형이 아니라고 상상했어요. 그리고 곰 인형에게 속삭였어요. 내가 당신과 영혼이 바뀌어 한동안 당신으로 살게 된다면 술은 줄일 것이고, 밥은 천천히 꼭꼭 씹어 먹을 것이며, 다른 여자에게는 웃어주지 않을 것이며…… 무엇보다도 당장 나에게 고백할 거라고.

우리는 같은 직업병에 걸렸어요.
이 직업병을 고쳐야 이야기가 다음 페이지로 넘어가는데 어쩌지요.

소극적인 내 입과는 다르게 내 마음은 어디로든 갈 수 있어요. 어디든 갈 수 있으면서 나를 어디로도 데려가지 않아요. 마음도 나를 안 데려가고, 바람도 나를 안 데려가고, 당신도 나를 데려가지 않아요. 그래서 나는 자꾸만 뒤에서 깊어져요. 우리의 관계는 서로가 서로의 뒤에 서기 위해 필사적이에요.

앞으로 나는 입을 앞세울까 해요. 주춤거릴지라도 부지런히 노력할 거예요. 곰 인형을 당신이라고 생각하면서 껴안는 것은 이제 시시하거든요. 곰 인형에겐 당신 몸에서 풍기는 안식처의 기운이 없거든요. 곰 인형은 내게 요리해주지 않거든요. 곰 인형의 손은 따뜻하지 않거든요. 곰 인형이 좀 이렇긴 해도, 그래도, 나에게 모든 걸 맡긴 곰 인형과는 벌써 갈 데까지 갔어요.

그러니 당신도 내게 모든 걸 맡기세요.

이 시계는 느리게 가니까

다른 걸 쳐다보라고 했어요

나 같은 사람 많을 거예요.

그를 찾아가거나 그에게 전화를 걸어 도움을 요청하는 10 중에 8은 나 혼자서도 해결할 수 있는 문제들이에요. 그에게 질문하는 10 중에 9는 내가 이미 알고 있으면서도 묻는 것들이에요. 혼자서 거뜬히 해결할 수 있으며, 이미 알고 있는 문제에 대해 굳이 질문하는 이유는 단지 이렇게 해서라도 그에게 연락해보겠다는 나만의 꼼수예요.

얕은 꼼수를 부리는 이유는, 이런 것들이 아니고서는 그와 연락할 명분이 그다지 많지 않기 때문이에요. 시시콜콜 점심에는 어떤 음식을 먹었는지, 오늘은 누구를 만났는지, 스트레스는 안 받는 하루였는지 묻는 것은 연인 사이에서만 나눌 수 있는 이야기잖아요. 아직 연인 사이가 아닌 우리가 나누기에는 선을 넘는 이야기들이잖아요. 그렇다보니 그는 나를 되게 아는 것이 없고 의존적인 여자로 생각하는 것 같아요.

나만큼 독립적인 여자가 도대체 어디에 있다고.

그의 자동차를 타고 종달리 근처 바다를 지나고 있을 때였어요. 그는 나에게 "도대체 그렇게 연약하고 말랑말랑해서 이 세상을 어떻게 살아가려고 해?"라며 따지듯 물었어요. 귀를 의심했어요. 나만큼 독립적이고 강한 여성이 이 세상에 어딨다고 저런 말을 내뱉은 것인지 의문이었어요. 시인이 되어보겠다고 노트 한 권 들고 제주에 정착한 여성의 어느 면이 도대체 연약하고 말랑해 보인다는 것이었을까요? 물론 그때 그에게 따지지 않았어요. 잘 구슬려서 내 애인으로 만들어야 했으니까요.

그는 나에게 별로 궁금한 게 없는 것 같아요. 그가 나에게 질문한다면 아무리 내가 비행기 밖으로 추락하는 중이어도 대답해줄 수 있고, 깊은 바다에 빠져 허우적거리다가도 대답해줄 수 있는데 말이에요. 이런 내 마음을 전혀 몰라주는 것 같아요. 옛날에 중학교 담임 선생님이 그랬던 것처럼 그가 나에게 하루에 질문 세 가지씩 하도록 요구하고 싶어요. 하지만 아직은 연인 사이가 아니기에 그러면 선을 넘는 짓이에요. 연인이 아니라서 불가능한 것들이 너무도 많아요. 나중에 그가 내 애인이 된다면 내 손바닥에 올려놓고 못 빠져나가도록 만들 거예요.

나만 질문하고 나만 애타는 게 억울해서 한동안 그에게 연락을 안 한 적이 있었어요. 오랫동안 연락하지 않으면 무슨 일이 생긴 건 아닐까, 그가 먼저 연락해줄 줄 알았거든요. 하지만 그건 나만의 착각이었어요.

언젠가 판이 뒤집히는 날이 올 거예요. 인생이 그렇듯, 관계도 직선이 아니라 굴곡이기 때문이에요. 그리고 사실은 그가 의존적인 남성이기 때문이에요. 의존적인 성향을 감추기 위해 노력하고 있는 게 느껴지지만 그래도 흘러요. 그가 질질 흘리니까 내가 그의 집 우렁각시가 된 거예요. 그의 머리 위에 떨어진 꽃잎을 매번 떼어주는 거예요. 그가 터뜨린 자동차 바퀴를 몰래 해결하는 거예요. 그에게 따라붙은 스토커를 조용히 해결하는 거예요. 그러니 앞으로 평생 당신은 나에게 의존하면 돼요.

입에 담지 못한 손은

꿈에나 담아야 해요

그의 가방 속에 칼이 들어 있다는 걸 알면서도 숲으로 따라갔어요.

내가 이길 수 있다고 생각했던 것 같아요.

여행객들에게 알려지지 않은 숲이었어요. 제주도민조차도 잘 모르는 숲이었어요. 숲으로 향하는 차 안에는 노르웨이 음악이 흘러나오고 있었고, 그가 내려온 커피와 그가 비행기에서 훔친 오렌지색 기내용 컵이 있었어요. 그날따라 그의 운전은 부드러웠어요. 그의 사소한 행동 하나하나에 다정함이 묻어 있어서 좋아하는 마음이 더 깊어지던 날이었죠.

삼나무숲을 지나고 몇 개의 오름을 더 지나서야 도착한 곳에는 그의 말대로 조용하고 깊은 숲이 있었어요. 차를 세우고 김밥과 커피를 챙겨 나를 앞장서 걷던 그의 가방이 살짝 찢어져 있었는데 그 사이로 칼이 보였어요. 나는, 혹시 오늘 나를 죽일 거냐고 물었어요. 다정해진 만큼 말수가 줄어든 그는 갑자기 걸음을 멈추더니 나를 빤히 쳐다보며 칼을 움켜쥐었어요.

너무 아팠어요.

짝사랑은 너무 아팠어요. 짝사랑을 이겨낼 힘은 섬 어디에
도 없어서 나는 그대로 당해야만 했어요. 알람 소리에 깨어
나 졸린 눈을 비비며 새로이, 그를 만나는 날이었어요. 갑작
스러운 호출이었기에 밥 먹던 숟가락을 창밖으로 던져버리
고 뛰쳐나가야 했지요. 마당을 떠돌던 누런 떠돌이 개가 숟
가락을 물어가는 게 보였지만 상관없었어요.

지난날 숲에서 그는 나를 칼로 찌르지 않았어요. 단지 내
복부의 정중앙 대신 그 칼로 당근을 토막내어 오름을 오르
는 내내 서로의 목이 마르지 않도록 해주었을 뿐이지요. 당
근을 씹어 먹으며 숲을 걷는 우리는 마치 조랑말 두 마리
같았어요. 다정함의 끝은 죽음이 아니라 그대로 다정이었
네요.

짝사랑은 몇 달이 지나도록 해결되지 않았어요.
사랑의 여러 종류 중에서도 왜 하필 내 사랑은 짝사랑인
지요.

짝사랑은 유리잔 표면에 맺힌 물방울 같아요. 그러니 내 인생은 물방울 인생이지요. 그의 신체 어딘가에 맺혀서 절대 떨어지지 않지요. 그를 붙잡고 놔주지 않으니 그는 나를 여태 달고 살지요. 몇 년이 지나도록 맺혀 있어도 그가 나를 가만두는 이유는 유리잔의 겉과 속 온도 차 때문이 아니라 그가 물방울 하나를 강낭콩 기르듯 기르기 때문이지요. 이것만 보면 강낭콩 혼자만의 짝사랑이라고 보기에 애매하지요. 강낭콩이든, 물방울이든, 섬에서 진행되는 모든 짝사랑은 고문을 넘어선 산을 쌓는 일이지요. 맺히면 미끄러지고, 또다시 맺히면 미끄러지고, 그러다 운좋게 중력을 거스르고 오르기라도 하면 금세 허공으로 증발하고 마는, 손톱만 한 삽으로 땅을 파서 한라산을 쌓는 일. 그래서 어쩌면 제주에는 산이 고작 하나뿐인지도 모르지요. 내가 지금 여기다가 보글보글 투정을 부려놓았지만 그래도 유리잔에 맺힌 물방울 인생에 나름 만족하며 살지요.

왜냐하면, 유리잔에 맺힌 물방울은 곧 호수가 될 징조니까요.

섬은

우산도 없이

내리는 별을 맞고

다른 건 모르겠고, 이 남자라는 것만 알겠더라고요.

곧 붕괴될 것 같은, 사람보다 거미줄이 많은 목욕탕 건물 뒤를 그와 함께 지나가는데 백 년도 더 된 듯한 벚나무가 한 그루 보였어요. 그 벚나무에 핀 벚꽃은 하얗다못해 빛을 발하는 것 같았어요. 한밤중에도 눈이 부실 정도였지요. 그 벚나무 아래에서 그가 내게 알려준 삶의 지혜가 하나 있었어요. 꽃에서 단맛을 느끼려면 꽃을 꺾지 말고 송이를 뽑아야 한다는. 그래야 꽃의 뒤통수에서 애쓰듯 꿀이 흐른다는.

누구나 알고 있는 상식을 그는 마치 대단한 것이라도 되는 듯이 떠들었어요. 이미 알고 있다고 말하고 싶었지만 그러지 않았어요. 굳이 말해봤자 사랑에 더하기나 빼기가 될 리 없었으니까요. 그후로도 계속된 그의 잘난 척을 들어주다가 금세 자정이 되었어요. 벚나무가 먼 곳을 응시하기 시작했지요. 이제 그만 각자의 집으로 돌아가자고 말하려던 순간, 그가 내 입술에 한 송이의 벚꽃을 꽂아주었어요. 그러고는 내게 힘껏 빨아보라고 했어요. 얼마나 달콤한지도 묻더군요. 무지 달다고 대답하려는데 입이 아닌 치마 속이 간지럽기 시작했어요. 이게 무슨 상황인지 잘 모르겠는데 그는 아는 눈치였어요. 아직은 마음만 줄 수 있다는 생각에 자세를 바르게 고쳐잡았어요.

벚꽃이 내게 사랑을 권했던 거죠.

사랑을 무안하게 만든 것 같아 미안한 마음에 그의 손을 잡고 나만의 비밀장소로 향했어요. 힘없는 솜 인형의 손을 잡은 것 같아서 아까 그 장면을 다시 시작해야 하나 싶었지만 왠지 오늘밤만큼은 그냥 그의 손을 놓지 않고 달리고만 싶었어요. 용눈이오름에는 아무도 없었어요. 별만, 무수히 많은 별만, 소리 없는 아우성이었죠. 손전등을 켜고 오름의 정상으로 그를 이끌기 시작했어요. 밤에도 풀을 뜯는 소와 말이 있어서 조심히 올라야 했지요. 오름의 정상에서 바라본 밤하늘에는 아까 목욕탕 뒤에서 마주친 벚나무가 그대로 옮겨와 버티고 있었어요. 별천지의 밤하늘은 4월의 벚나무였던 것이죠. 벚꽃에는 내가 혹했지만, 별천지 하늘에는 그가 나보다 더 혹하고 있었어요. 별을 그의 입에다 꽂을 수 없다는 게 아쉬웠지요.

그는 또 섬을 떠났어요.

별이 사라진 아침에 어김없이요.

나는 물 한 모금도 마시기 싫은 상태였어요. 나만큼이나 수분이 부족해 보이는 모래사장을 걷기 시작했어요. 왼쪽 어깨에 힘을 빼니 왼쪽 발자국이 선명해진다는 걸 눈치챘어요. 발자국은 나의 입장을 대변하고 있었지요. 발자국이 짐처럼 느껴져서 발자국을 뒤로한 채 그날의 별과 벚꽃을 떠올리기 시작했어요. 전부 내 앞에 없는 것들이었지요. 두 눈에 보이지 않으니 당연히 두 손이 가질 수 없는 것들이었지요. 두 손이 가지지 못한 것을 향한 내 마음은 짙어져만 갔지요. 짙어져가는 것이 두려워서 그것을 거스르면 옅어지지 않을까 기대해보았지만, 짙어져가는 걸 거스를수록 깊어지기만 했지요. 내 손거울은 나를 닮아 매일 슬퍼했지요.

한입 크기의

연어 조각으로

오늘을 지우고 싶어

그에게 말할 수 없는 비밀이 두 가지 있어요. 하나만 말하자면 나는 사실 죽어도 회를 못 먹겠는 사람이라는 거예요. 회를 먹는 상상만으로도 뱃속 깊은 곳에서부터 역겹다는 생각이 올라와서는 온몸을 덮어버려요. 그럼에도 내가 회를 먹어요. 도를 닦는 심정으로 입에다가 회를 넣어요. 씹을 때마다 온몸에 소름이 돋고 목구멍은 폐쇄 경보를 알리는데도 나는 회를 먹어요. 죽을 각오로 먹는 이유는, 단순히 그가 회를 좋아하기 때문이에요. 다른 이유는 없어요.

그는 전생에 절대 인어공주는 아니었을 거예요.

태어나서 처음으로 회를 먹었던 날이 그와 함께였어요. 성산의 어느 횟집에서였죠. 그가 분명히 내게 물었어요. 회를 먹을 수 있냐고. 나는 그에게 잘 보이고 싶은 마음에 세상에 존재하는 음식 중에서 회가 가장 맛있다고 했어요. 시간을 다시 되돌린다고 해도 나는 똑같이 대답했을 거예요.

그날부터 우리는 만나면 회만 먹었어요. 제주에 있는 모든 횟집에 전부 가본 것 같아요. 회를 먹는 나만의 노하우도 만들었어요. 회를 한 점 입에 넣는 순간 동시에 소주도 마셔버리는 거예요. 그러면 강한 알코올 향 때문에 회 특유의 맛을 소주로 가릴 수 있어요. 그래서 주량도 많이 늘었더랬지요.

하지만 이건 착한 방법이 아니라는 생각이 들었어요. 그와 함께 회를 즐겁게 즐기고 싶었어요. 인터넷에 회를 즐기는 방법에 대해 검색해봤는데 도토리묵을 먹고 있다고 상상하라는 것과 씹지 말고 삼키라는 방법이 대부분이었어요. 전부 효과가 없었어요. 아무리 생각해도 햄버거와 치킨이 더 맛있는데, 그의 입맛은 참 특이해요. 이 문제는 평생 해결되기 힘들겠지요? 내가 회를 못 먹는 사람이라는 사실을 죽어도 말하기 싫고, 평생 그와 맛있는 음식을 맛있게 먹으며 살고는 싶고, 그리하여 생각해낸 방법은 고작 이거였네요. 그냥 내가 정신줄을 놓고 사는 것.

여태까지 잘 먹어왔으니 앞으로도 잘해낼 수 있을 거예요. 내가 이렇게 포기하고 사는 부분이 있는 만큼, 이 남자 또한 나를 위해서 포기하는 부분이 있을 거라고 믿어요.

아니어도 좋아하는 마음에는 큰 변화가 없어요.

어쩌면 그가 일부러 나를 횟집에 데려가는지도 모르겠다는 생각을 했어요. 내가 못 먹는다는 사실을 알고 있는 것이지요. 일부러 괴롭히려고 데려가는지도 모르겠다는 생각이 들었어요. 하지만 이건 내 착각이겠지요. 굳이 시간을 내어 나를 괴롭힐 사람은 아니니까요. 나는 굳이 시간을 내어 그를 괴롭힐 계획을 세운다지만 그에게는 그런 정성이 없을 테니까요.

나를 괴롭혀줬으면 좋겠지만, 꿈에서나 가능한 일이겠지요. 별걸 다 꿈으로 둔다고 생각하셨지요? 내가 헛구역질을 참아가며 회를 먹을 정도로 좋아하는 사람이, 아무리 괴롭힐 계획이라도 나를 생각하여 해준다면, 이것이 행복이 아니고서야 뭐겠어요.

코스모스가

회복을 위해

손을 터는 가을

철학을 숲에 비유하면 불은 사랑이 되며 바다에 비유하면 오염이 사랑이 됩니다. 그리고 자연재해에 비유하면 홍수가 사랑이 됩니다. 내 인생에 있어서 나의 단점은 사랑이 됩니다. 그를 사랑해서 그의 영향으로 시인이 된 것이 나는 나의 단점이라고 생각합니다.

시는 늘 내게 아픔을 요구합니다. 살짝 젖은 채로 살아가게 합니다. 슬픔을 주면 슬픔을 더 달라고 합니다. 나의 시는 아픔에서 오고, 결핍에서 오고, 슬픔에서 옵니다. 이 세 가지 감정은 전부 그에게서 받습니다.

화장으로 가린다고 가린 나의 이마에서 그가 발견한 뾰루지는 그날 나의 단점이었습니다. 그와 식사하는 시간이 소중하고 아까워서 밥을 천천히 먹다가 그에게 한소리 들었을 때, 그것 또한 그날 하루 나의 단점이었습니다. 그가 해준 반찬을 남기기 싫어서 다 먹느라 찐 나의 살은 나의 단점이 되었습니다. 이렇듯 모든 단점은 사랑과 연결되어 있습니다. 그와 만나고 집으로 돌아와서 거울을 보면 나의 단점들이 보입니다. 이목구비 하나하나에 담긴 짝사랑의 표정이 보입니다. 분명 그를 사랑하기 전에는 내 얼굴이 이렇지 않았습니다. 고백하지 않은 채로 시간만 흘려보내느라 웁니다. 우느라 잘게 잘게 찢어진 이목구비가 거울 속에 있습니다.

나의 단점은 이렇게 하나 가득하면서 그의 단점은 찾아내지 못합니다. 누군가는 그의 단점을 잘도 찾아내지만 나에게는 적용되지 않는 단점들입니다. 그가 한여름에 땀을 흘리고 있어도 나에게는 그의 땀냄새가 느껴지지 않습니다. 그가 술에 취해 편지봉투 속에 편지 대신 깻잎을 넣어줬을 때도 나는 그게 싫지 않았습니다. 별것도 아닌 일로 그가 나를 째려봐도 나는 그 눈빛에 설레어합니다. 그는 나에게서 많은 단점들을 찾아냈지만, 나는 찾아내지 못한 이유가 사랑으로 분류됩니다.

하나가 생각납니다. 하나가 생각나니 두번째도 떠오릅니다. 그의 단점이라기에는 애매한, 그에게 서운한 점들이 떠오릅니다. 고백할 틈을 주지 않는 그의 심보와 나를 설레게 해놓고 도망가버리는 그의 뒷모습이 떠오릅니다. 혼자만의 시간을 충분히 즐겼음에도 나에게 시간을 내어줄 때마다 아까워하는 모습도 떠오릅니다. 이것만이 그의 단점이라 칠 수 있겠습니다. 단점이라 이것은 사랑이 되며, 나는 이것을 재료로 시를 씁니다. 집으로 돌아오는 길에 하도 울어서 이제는 대중교통 안에서 우는 내 모습이 부끄럽지 않습니다.

필 꽃

핀 꽃

진 꽃

나에게 그는, 그녀예요.

그가 짜증을 낼 때마다 아들처럼 다독여보기도 했고, 그를
왕자처럼 대접해주기도 해봤는데요. 아들과 왕자는 매번
헛다리였어요. 많은 실패를 거듭한 결과 나는 이제 그를 제
대로 사용할 줄 알아요. 조금만 다른 관점에서 그를 바라보
면 되는 문제였지요.

난 이제 그를 그녀로 모셔요. 그를 만나는 날에는 미리 꽃
집에 들러서 한 송이의 꽃이라도 사 가요. 평범한 건 그가
거부하기 때문에 꽃을 고를 땐 흔한 장미라도 특이한 색상
의 장미를 골라요. 걷다가 그가 무릎이 아프다고 하면 내
무릎도 같이 아프다고 말해요. 유전적으로 약하게 태어난
그의 무릎을 굳이 상기시켜주면 그가 의기소침해질 테고,
그랬다가는 좋을 일이 없거든요.
그가 어떤 음식이 먹고 싶냐고 물으면 절대 내가 먹고 싶은
음식은 고르지 않아요. 나는 햄버거와 치킨이 먹고 싶어도
그가 좋아하는 회나 해물탕이 먹고 싶다고 말해요. 식당에
들어가서는 그를 통로 좌석에 앉히지 않고 벽 쪽 좌석에다

가 앉혀요. 그가 편한 좌석에 앉는 걸 좋아하니까, 그렇게 해줘요.

그리고 가끔 도둑이 되는 일도 감수해요. 그는 탐나는 물건이 생기면 때와 장소를 가리지 않고 도둑이 되기 때문인데요. 보통은 그가 나서는 편이지만 가끔 내가 나서야 하는 순간이 있어서 그럴 땐 망설이지 않고 도둑의 탈을 써요. 그리고 살면서 틈틈이 특이한 골동품을 사둬요. 골동품 수집이 취미인 그에게, 그가 기분이 안 좋을 때마다 하나씩 선물로 내밀면 금방 순해지거든요.

그에게 남자다운 것을 요구하지 않아요. 그의 내면에는 소녀가 살아요. 그렇기 때문에 그가 꽃과 자수를 좋아한다는 사실을 있는 그대로 받아들여요. 그가 자수를 놓았는데 그게 엉성하더라도 그냥 박수 쳐주면 돼요. 그가 해준 요리의 맛이 이상하더라도 그냥 박수 쳐주면 돼요. 감수성이 예민한 그가 이유 없이 슬퍼질 때는 예민하고 아름다운 그의 복잡한 감수성을 있는 그대로 칭찬해주고 부러워해주면 돼요. 무한한 칭찬 끝에는 소녀가 춤을 춰요.

춤추는 소녀 곁에서 노벨 평화상은 내가 받아야 한다고 생각해요.

남자와 다니는 게 아니라 언니와 다니고 있다는 느낌이 들면 그게 정상이에요. 그게 이 남자의 매력이에요. 쉴 틈을 주지 않고 특이한 게 이 남자의 매력이에요. 그를 제대로 사용할 줄 몰랐을 때는 이해되지 않는 상황들 앞에서 울기도 많이 울었어요. 하지만 울면 그는 더 삐뚤어졌어요. 그가 우는 건 정상이어도, 내가 우는 건 절대적으로 비정상인 세상에서 그와 함께 살아가는 나의 인생에 만족해요. 이게 내 운명이라고 생각해요.

첫 눈물을

흘렸던 날부터

눈으로 생각해요

깜깜한 도로.

사고가 날 만한 도로가 아닌데 '사고 잦은 구역'이라고 적힌 표지판이 세워져 있었어요. 내가 의문을 품자 운전하던 그가 이야기해줬어요. 이곳에 귀신이 많아서 의문의 사고가 자주 발생한다고. 내가 두려움에 떨자 그 모습이 재미있었는지 그는 제주에 사는 여러 귀신에 대해 이야기해줬어요. 이야기 막판에는 내일 이 도로보다 더 귀신이 많은 곳에 나를 데려가겠다고 했어요. 그곳은 제주 전체를 통틀어 귀신이 가장 많이 모여 있는 곳이라고 했어요. 나는 너무 설레기 시작했어요. 귀신이고 나발이고 내일도 그를 만난다는 사실에.

도착한 곳은, 좋은 귀신들만 모인 곳이라 소원을 빌면 소원을 이루어주기도 하는 곳이었어요. 그가 눈을 감고 기도하기 시작했고, 나는 그보다 삼 초 늦게 기도하기 시작했어요. 삼 초간 뜸들인 이유는 눈을 감고 집중한 그의 얼굴을 훔쳐보기 위해서였어요. 훔쳐본 그의 얼굴은 세상 모든 햇빛을 다 빨아들인 듯이 빛나고 있었어요. 이젠 나도 눈을 감고 오랜 기간 변치 않고 있는 소원을 빌었어요. 소원을 빌고 눈을 떴는데 그가 아직도 소원을 빌고 있어서 놀라웠어요. 내가 생각하는 그는 완벽한 사람이라서 소원이 별로 없을 줄 알았거든요. 그런 그가 나보다 더 오래 소원을 빌고 있다는 사실이 놀라울 따름이었어요.

사이좋게 소원을 빌고 이어진 오름을 따라 걷기 시작했어요. 우리는 서로 어떤 소원을 빌었는지 묻지 않았어요. 묻지 않고 호기심만 간직한 채로 오름을 오르는 우리의 모습은, 마치 우리의 관계를 설명해주고 있는 것 같았어요. 왜 우리는 서로에게 많은 것들을 묻지 않을까요. 도대체 우린 무슨 사이일까요. 나는 궁금한 게 많아도 그에게 묻지 못하는 이유가 단 하나예요. 혹시나 내 가슴을 아프게 만드는 대답이 올까 싶어서요. 내가 그를 새빨갛게 좋아한다고 해서 그 사람도 나를 새빨갛게, 나와 같은 농도로 좋아할 리 없을지도 모르잖아요. 그게 두려워서 묻지 않고 혼자 앓는 날들이 많아요.

의심을 품어야 질문이 오고갈 텐데,
서로 의심하지 않으니 질문하지 않는 것일 수도 있겠네요.

그날 그가 무슨 소원을 빌었을까, 유추해보는 날들이 많았어요. 그의 표정에서 읽으려 해도 그의 표정은 깨끗했어요. 아무 알리바이도 찾을 수 없었지요. 소원을 빌 때는 최대한 구체적으로 빌어야 소원이 이루어진댔어요. 그가 소원을 오래 빌었던 이유도 구체적으로 빌었기 때문이 아닐까 싶어요. 모르긴 몰라도, 그의 소원이 이루어졌으면 좋겠어요. 물론 내가 아프지 않을 소원만요. 내 소원도 반드시 이루어졌으면 좋겠어요. 내 소원이 그를 아프지 않게 하는 소원이라면 말이에요.

약속된 꽃이

오기만을 기다리면서

묻는 말들

그는 인생의 대부분을 화초 돌보는 일에다 사용하며, 직업은 킬러예요. 내가 의뢰한 모든 사건에서 문제가 되는 벌레들을 전부 죽여버리지요. 그는 내가 곁에 있음으로 인해서 평범한 인생을 누리지 못해요. 나 또한 마찬가지예요. 평범한 인생을 누리지 못하는 것이 우리의 천직이에요. 눈썹이 열시 십분인 그는 내 앞에서만 순해져요. 순해진 모습이 사전적 의미와는 사뭇 다르지만, 아무튼 순해져요. 나 또한 그의 앞에서만 순해져요. 순해지는 이유는 그가 유일한 나의 안식처이자 레옹이기 때문이에요.

나는 그가 총을 다루면 총알이 되고, 그가 칼을 꺼내면 요리사가 돼요. 하지만 그가 연필을 잡았으니 나는 이렇게 시인이 되었어요. 시를 쓰는 시간보다 그를 보살피는 시간이 더 길어요. 그가 술의 풍미보다 우유의 고소함을 즐겼으면 해요. 그는 매일 술을 마셔요. '즐기다'의 반대말은 '취하다'라고 생각해요. 즐기지 못하는 그의 모습이 마음에 걸려요. 그의 뿌리가 되고 싶어요. 그의 뿌리가 되어 그를 통제하고 싶어요. 통제하는 순간 그가 나를 잘라낼지도 모르지만 세상을 바꾸려면 누군가의 희생이 필요해요. 그리고 나는 죽지 않는 방법을 알아요.

그는 늘 큰 가방을 가지고 다녀요. 그 안에 뭐가 들어 있는지 모르겠지만 확실한 건, 단 한 번도 필요한 물건이 들어 있던 적 없었어요. 언젠가 하루는 그가 가방에서 우스꽝스러운 선글라스를 꺼내더니 쓰고 다녔어요. 나랑 다니는 모습을 남들에게 들키면 안 된다고 하면서 말이지요. 담배를 꺼내기도 했어요. 여권을 꺼내기도 했어요. 그렇게 나를 떠나기도 했어요. 그의 가방에는 버릴 것들투성이에요.

나는 그가 아니면 죽음이에요. 만약에 그에게 고백했다가 차이면 남은 인생은 다른 남자를 사랑해야 하는데 그럴 자신이 없어요. 그 만약을 대비해서 다른 남자에게 눈길을 돌려본 적 있었는데 아무런 소용이 없었어요. 내가 남자를 볼 때의 기준은 '그'예요. '그'에서 조금이라도 벗어난 남자에게는 사랑을 느끼지 못해요. 그가 없는 세상에서 나는 여자가 되지 못할 거예요. 시를 써내지도 못할 거예요. 쓸모없는 사람이 되고 말 거예요.

그는 많은 식물을 혼자 기르고 있어요. 식물에 관심 없는 내가 유일하게 식물과 친해지는 순간은 그의 공간에 머무는 시간이에요. 식물을 볼 때 뿌리가 먼저 보여요. 식물의 자세와 인상은 뿌리에서 결정된다고 생각해요. 나는 그 뿌리를 하나씩 파내어 가방에 넣고 훔쳐요. 훔치기보다는 옮겨요. 내 집으로 옮겨요. 매일 식물을 따라 걷는 그가 조금씩 내 집으로 오게 하기 위함이에요.

내가 이렇게 살아요.

아무리

기다려도

겨울만 온다

언젠가 그 사람도 나 때문에 울 거예요.
한 번은 울 거예요.

그는 나의 짝사랑 처지를 알고 있으면서도 내가 다가갈 때
마다 퉁명스럽게 왜 다가오냐고 화를 내요. 이유는 먼 곳에
두고 왔다고 말하면 깊은 한숨만 쉬어요. 하루가 열 시간이
라면 그중 여덟 시간은 이 남자 때문에 속상해서 울어요.
나머지 두 시간은 울다가 지쳐 잠드는 시간이에요. 언젠가
그의 앞에서 대놓고 운 적이 있었는데, 그는 우는 나의 얼
굴이 행복해 보인다고 했어요. 도대체 어느 각도에서 보았
길래 내가 행복해 보였을까요. 나는 울면서도 웃는 사람이
라고 치면 사람은 표정으로만 울어지는 건 아니네요.

언젠가 그가 이렇게 말했어요. 불쌍한 사람과 불쌍한 척하
는 사람에게 약하다고. 측은지심을 느껴 잘 대해주게 된다
고. 해당사항 없는 나를 물속으로 빠뜨리는 말이라고 생각
했어요. 나는 울어도 행복하게 웃으며 우는 사람이었으니
까요. 물속에서 젖었든, 울어서 젖었든, 젖은 나의 인생은
춥기만 했어요. 추운 몸은 매일 그의 빈집에서 발견됐어요.

기다림의 어원은 겨울이라서 겨울은 차갑고, 그에 걸맞게 냉정한 그를 기다리게 됐어요. 그를 먼저 좋아한 이유만으로 나는 약자로 살아도 된다고 찬바람이 알려주는 것 같았어요.

약자의 인생은 사춘기의 기분과 비슷했어요. 가로등 불빛보다 그의 얼굴이 더 많았어요. 바람보다 한숨이 더 많았어요. 신문보다 그에게 보낼 편지가 더 많았어요. 그중 제대로 도착할 편지는 없었어요. 볼펜 끝에는 문장보다 침묵이 많았어요. 침묵을 끝으로 나는 무슨 조치라도 취해야 했는데, 상황은 언제나 나의 계획을 뒤집고 있었어요.
겨울이 가면 봄이 오는 게 아니라 겨울이 가면 또 기다림이었어요. 기다림에는 뜻이 없고 그저 하나의 상징일 뿐이라는 생각이 들었어요. 나에게는 상징인 것이 그에게는 삶의 가루일 뿐이었어요. 생각이 많아질수록 불리해지는 건 나였어요. 애가 탈수록 사랑에 빠지는 것도 나였어요. 불치였어요.

더 중요한 건

말하지

않아도 돼

시들어가는 장미를 보면서 잠들어가는 것이 아닐까 생각했어요. 단순 호기심으로 내가 마시던 커피를 화병 안에 살짝 따라줬어요. 눈을 뜨라고.

커피를 마신 노란 장미는 특별히 오래가지도, 유난히 빨리 지지도 않았어요. 카페인에 작동되는 생명은 아니었던 것이지요.

사랑도 마찬가지 같아요.

사랑에 작동되지 않는 사람도 있어요.

싹부터

시작한 집이어야

살다가 멍도 들겠지요

그를 곁에 두면 온종일 내 가슴에 멍만 들어요.

그래도 지치지 않아요.

지치지 않는 걸 보면 세상에 존재하는 최고의 의료 기술은 사랑이 아닌가 싶어요. 사랑하는 만큼 모든 상처로부터 회복이 빨라지며 다시 사랑이 가능해지니까요. 멍든 자리는 금세 지워지며 소리 내어 울다가도 자동으로 되감기가 가능해지지요. 바닥에 주저앉으면 주저앉은 자세로 집까지 갈 수 있어요. 고장난 마음 때문에 숨이 안 쉬어지면 마음을 빼서 다시 조립할 수 있어요. 혼자 사랑하는 동안 죽을 고비를 여러 번 넘겼어요. 다행히도 이렇게 살아 있네요.

겨울나무가 잎을 탕진할 때 나 또한 하나를 탕진했어요.

아무 잘못도 저지르지 않았는데 그가 내게 화낸 적이 있었어요. 한겨울 밤길에서였죠. 지금까지도 그날 왜 그렇게 화를 냈는지 모르겠어요. 굳이 나를 집까지 바래다주면서도 격정적으로 화를 냈어요. 이날을 시작으로 그는 나에게 종

종 화를 냈어요. 그럴 때마다 나는 하루에도 열두 번씩 죽을 결심을 했어요. 하지만 죽으면 그를 다른 여자가 차지할지도 모른다는 생각에 죽지 않으려고, 화를 내는 것도 하나의 사랑 표현이지 않을까 스스로 처방을 해야 했어요. 이런 억지스러운 처방을 했던 이유는 이거라도 하지 않으면 그와의 관계를 끊어야 하는데 그건 그것대로 죽을 것 같았기 때문이에요. 겨울에 슬프면 보일러를 세게 틀어놓고 바닥의 온기로 위로받곤 했어요. 여름엔 땀에 섞인 눈물을 그냥 흘렸어요. 땀은 짜고 눈물은 매웠어요.

맵고 짠맛은 새벽이슬로 인해 싱거워지곤 했어요.

우리가 섞이지 못하고 엉키는 이유가 오해에서 비롯된 거란 생각이 들었어요. 일단 나는 그를 진심으로 좋아하고 사랑까지도 해요. 상대도 나를 나만큼이나 사랑하는지는 잘 모르겠어요. 늦은 밤까지 술을 마시고 헤어질 때 집에 바래다주는 정도는 내게 마음이 있는 것 같아요. 예전에는 데려다주지 않았어요. 새벽에 한 번 나를 외딴 동네에 덩그러니 남겨놓고 가서 내가 수개월을 연락 안 했더니 그날

이후로는 집에 꼬박꼬박 바래다주더군요. 집에 바래다주는 정성만큼만 내게 마음이 있다고 쳤을 때, 우리는 작은 일에도 오해가 쌓이지 않도록 대화를 자주 나눠야 했어요. 그러지 못한 이유는 아직 사귀는 사이가 아니라서겠지요. 쉽사리 넘지 못하는 거미줄이 우리 사이에 존재하기 때문이겠지요.

진심은 그에게 주고 진실은 내가 가지면 돼요.

나에게 하나밖에 없는 진심을 그에게 주면 돼요.

선명해진 확신이

노래도

부를 수 있대요

다음 생에는 무엇으로 태어나야 그를 또 만날 수 있을까요.

그가 내 얼굴을 쳐다보는 순간처럼 떨리는 순간이 하나 더 있어요. 그건 바로 그와 통화하는 시간이에요. 통화할 때면 그가 내 귀에 바짝 붙어서 속삭이는 것 같아요. 그의 입김의 양과 온도가 느껴져요. 욕심을 부려 귀를 최대한 휴대폰에 밀착시키면 나의 모든 세포들이 하던 일을 중단하고 오로지 귀에게로 집중해요. 심장도 멈춰요. 흐물거리는 정신으로 시작해서 혼미해진 정신으로 통화를 끝마치고 나면, 끊고 나서도 흥분감이 며칠을 가요. 그만큼 그의 목소리에는 특별한 힘이 존재해요. 노래를 흥얼거릴 때부터 알아봤어요. 그는 가수가 되었어도 크게 성공했을 거예요.

그는 실제로 어렸을 때 가수를 꿈꿨다고 했어요. 하지만 자신의 이름이 가수보다는 현재의 직업이 더 어울릴 것 같다고 생각했대요. 나도 그렇게 생각해요.

그가 만약 가수가 되어 있었다면, 나는 어릴 때 배우던 연기를 그대로 밀고 가다가 배우가 되고 말았을 거예요. 그를 위해 시인도 됐는데 배우쯤이야 가능했을 테니까요. 배우가 되어서 무슨 수를 써서라도 그를 만나러 갔겠죠. 그리고 직업만 다른 채로, 지금처럼 살고 있겠죠. 그의 눈빛 하나에 손짓 하나에 정신이 널뛰기하는 상태로 말이지요. 그는 이번 생에 가수가 되지 못했으니 다음 생에는 반드시 가수로 태어나고 싶다고 했어요. 나는 그에게 다음 생에 원하는 모습으로 태어날 수 있는 방법에 대해 알려줬어요. 죽기 바로 직전에 다음 생에 바라는 자신의 모습을 상상하고 죽으면, 그렇게 태어난다는 말을 어디선가 들은 적이 있었거든요. 그 이야기를 들은 그는 가볍게 웃어넘겼지만, 왠지 백년 뒤에 죽을 때 시도해볼 것 같은 느낌이었어요.

그가 다음 생에 가수로 태어난다고 했으니, 나 또한 다음 생의 직업은 대략적으로 정해진 셈이에요. 배우나 가수로 태어나면 될 것 같아요. 아니면 빅토리아 시크릿 모델로요.

언젠가 내가 그에게 끌려다니는 사람인가, 그를 쫓아다니는 사람인가, 라는 주제로 고민을 한 적이 있었는데요. 결과는 내가 쫓아다니는 사람이라는 것이었어요. 끌려다녔으면 손해를 보았겠죠. 하지만 쫓아다녔기 때문에 나는 득본 일밖에는 없어요. 덕분에 맛있는 음식도 많이 먹었고, 좋은 곳도 가보았고, 시인이라는 직업도 얻었잖아요. 그가 항상 좋은 길로만 걷는 사람이기에 가능했던 일이라고 생각해요. 그리고 이제는 내가 그를 좀 이끌어도 좋겠다고 생각해요. 그를 잘 쫓아다닌 덕분에 나에게 그를 이끌고 다닐 힘이 생겼거든요. 그리고 쫓아다니느라 그의 등에서 그의 부족한 면을 보았거든요. 등에서 발견되는 면은 스스로 어쩌지 못하니 누군가가 나서서 도와줘야만 해요. 그의 그것을 내가 해주고 싶어요. 그래야 다음 생에도 그가 나를 만나줄 거 아니에요.

네팔에서의
밤들

그를 포함한 남자 넷과 나를 포함한 여자 넷이서 네팔의 어느 온천에 갔어요. 히말라야로 향하는 깊은 산속 야외온천이었죠. 시설이 그다지 좋지 못해서 각자 챙겨온 수영복으로 갈아입고 온천물에 들어가야 했어요. 물에 몸을 담그자마자 이마에서 땀이 흐르기 시작했어요. 11월의 네팔에서 지내는 내내 달고 살았던 감기가 치료되는 순간이었죠. 현지인들만 가득한 공간에 어색해하다가 금세 익숙해져서는 현지인들과 이야기도 나눌 정도가 되었어요. 우리가 한국의 유명한 연예인이라고 속여보기도 했지요.

우리는 매일 저녁 함께 식사를 했었는데요. 이날은 그러지 못했어요. 남자들끼리 '문학의 밤'을 보낼 거라고 했기 때문이었어요. 도대체 어떤 '문학의 밤'이길래 여자들만 쏙 빼놓는 건지 속상했어요. 그렇지만 따질 수 없었어요.
덩그러니 숙소에 남겨진 여자 넷은 아무런 계획이 없었어요. 씻고, 서로의 얼굴만 쳐다보고 있을 뿐이었죠. 서로의 눈치를 살피며 누구든 먼저 입을 열기를 바라고 있었어요. 그때 내가 앞장섰어요. 남자들이 없을 때 꺼내고 싶은 말이 있었거든요.

아까 온천에서 남자들의 '그것'을 보았냐고 내가 물었어요. 다들 '그것'이 무엇을 뜻하는 건지 모르겠다는 표정으로 나를 쳐다보고 있었어요. 알면서 모르는 척한다는 생각이 들었어요. 나는 다시 한번 남자들만 가진 그 부위의 단어를 발음하며 '그것'을 보았느냐고 물었어요. 나만 빼고 모두가 비명을 질렀어요.

사실 모두의 것을 보려고 한 건 아니었어요. 한 사람의 '그것'만 궁금했어요. 그가 피부에 딱 붙는 삼각 수영복을 입고 오는 바람에 나의 본능이 자연스레 활동했던 거예요. 그의 삼각 수영복 안에는 안경 케이스가 들어 있는 것 같았어요. 묵직한 저것이 일반적인 크기인가 싶어서 다른 사람들과 비교하다가 그만, 모두의 것을 살피게 된 것이었어요. 누구의 그것은 뾰족했고, 누구의 그것은 헐렁했어요. 너무 '그것'만 바라보고 있는 건 예의가 아니라는 생각이 들어서 몇 분 보다가 그만두었어요. 나는 이런 나의 의식을 탓하지 않았어요. 무의식의 문제였으니까요. 나를 제외한 여자들은 한국으로 돌아오는 날까지 그것에 대해 모르는 척을 했어요.

삼 년이 지난 여태도 온천의 기억은 온통 그의 '그것'에 머물러 있어요. 언젠가 제대로 확인할 날이 올 거라고 믿어요. 사탕 껍질을 까보지 않고는 제대로 된 맛을 확인할 수 없으니까요.

네팔에서의

날들

물 마시는 시간과 잠자는 시간을 제외하면 우리는 늘 걷고 있었네요.

시간은 밤을 향하고 있었어요. 일행 모두가 활기를 잃은 지 오래였고 다들 말없이 산을 오르기만 했어요. 11월에 벚꽃이 만개한 벚나무를 발견했을 때 빼고는 다들 웃지도 않았어요. 추운 날씨에도 땀을 흘리며 걸었어요. 땀을 흘릴수록 수분이 부족해지는 게 아니라 힘들지 않냐는 물음과 관심이 간절했어요. 이러다가는 울어버리겠다 싶은 순간에 내 마음을 읽기라도 한 듯 무리를 이끌던 대장이 내 어깨를 토닥여줬어요.

나는 그대로 세탁기처럼 울었어요. 태어났을 때 이후로 이렇게 소리 내어 울어본 적 없었어요. 운다고 걸음이 걸어지는 것도 아닌데 울었어요. 나 때문에 전체가 걸음을 멈출 수 없으니 대장과 나만 남고 모두는 가던 길을 계속 걸어갔어요. 내가 좋아하는 남자도 저멀리 멀어지다가 점이 되고 있었어요. 대장은 내가 침착해질 때까지 기다려줬어요. 혹시나 내가 추워할까봐 자신의 장갑도 벗어주고 목도리도 벗어주었어요. 체력이 있어야 정상까지 오를 수 있다며 내게 초콜릿 과자와 망고맛 주스를 먹고 마시게 했어요. 이 남자도 나쁘지 않게 생겼다는 생각이 들었지요.

세탁기가 작동을 끝내자 대장은 내 손을 잡고 정상으로 향하기 시작했어요. 남자와 단둘이, 그것도 남자의 손을 잡고 걸은 건 태어나서 처음이었어요. 아픈 게 완치되는 느낌이었어요. 여자 손과는 확실히 다른 힘이 느껴졌어요. 나는 무슨 이야기를 꺼내야 할지 몰라서 조용히 온 신경을 왼손에다가 갖다두고 걷기만 했어요.

대장은 침묵이 불편했는지 내게 질문을 던졌어요. 지금 이 순간 누가 가장 보고 싶냐고 묻더군요. 나는 아까 나를 두고 먼저 올라가버린 남자가 보고 싶다고 대답하고 싶었으나, 대장이 서운해할까봐 무난한 대답을 했어요.

"엄마가 가장 보고 싶어요."
"좋겠다. 보고 싶어할 엄마가 있어서. 내 엄마는 돌아가셨는데."

"나는 아빠가 안 계셔요."

"……우리 비슷하네."

다시 한번 대장도 나쁘지 않게 생겼다고 생각했어요.

그렇게 도착한 숙소에는 일행 전부가 잠도 안 자고 우리를 기다리고 있었어요. 그중에 내가 좋아하는 남자도 있었어요. 주변에 빨래집게가 있었다면 그의 팔 안쪽에다가 전부 꽂아버렸을 거예요. 그리고 생각했어요. 저 남자는 내가 의지할 만한 사람이 아니구나, 평생 함께하고 싶다면, 다 포기하고 내가 저 남자를 지켜줘야겠구나, 이렇게요. 대장도 나쁘지 않게 생겼지만 그래도 나는 일편단심이니까요.

빛이

밝아서 빛이라면

내 표정은 빛이겠다

같은 우연이 두 번이면 우연이 아닙니다.

장거리 운전을 해야 하는 날이었어요. 성산에서 협재까지
였지요. 나는 주차장으로 빠르게 달려가며 오늘은 내가 운
전대를 잡겠다고 크게 외쳤어요. 시동을 걸었고, 조수석에
다가 그를 앉혔고, 봄부터 가을까지의 거리만큼 이야기를
나눴을 때 그가 피곤하다며 십 분만 눈을 붙여도 되겠냐고
물었어요. 나는 심심해서 절대 안 된다고 했어요. 안 된다
고 했는데도 그는 말수를 줄이기 시작했어요. 옆을 살짝 돌
아봤을 때는 이미 그의 눈은 닫힌 조개였어요. 평온한 얼
굴이 천사 같아서 흔들어 깨우면 죄짓는 일이라고 생각했
어요. 언제 또 이런 얼굴을 볼까 싶어서 까무잡잡한 천사
를 한없이 바라보다가 내가 운전중이라는 사실을 깜빡 잊
었고, 급하게 브레이크를 밟았고, 그대로 쿵.

1밀리미터의 차이로 위기를 모면했어요. 놀라서 눈을 뜬
까무잡잡한 천사가 버럭, 화를 내길래 나는 앞차 탓으로
돌리고 있었어요. 원래 하려던 이야기는…… 그때였어요.
창밖으로 노랑나비 두 마리가 지나가는 게 보였어요. 그와

함께 지미봉에 올랐을 때 정상에서 마주친 나비였어요. 그와 식당에서 식사할 때 식당 창밖으로 지나가던 나비였어요. 광치기해변에서 그의 외모가 휴 그랜트 닮았다는 걸 깨달았던 순간에 그의 등뒤로 지나가던 나비였어요. 너무 자주 나타나서 우리 자동차에 한 번 치일 뻔한 적도 있는 나비였어요. 우연치고는 수상할 정도로 자주 나타난다고 생각했어요. 그것도 반드시 두 마리씩 말이에요. 우리에게 전하고 싶은 말이 있는 게 분명했어요.

노랑은 소금에 절여진 색.
손으로 누르면 짠물이 흐르는 것이 꼭 사람의 눈 같기도 하지요.

노랑은 어린 시절 내 곁을 지키던 색이었어요. 책가방, 필통, 지우개 등등 나의 학용품은 전부 노랑이었지요. 길에서 개나리꽃을 발견하면 꺾어서 집으로 가져가곤 했어요. 단무지 반찬을 가장 좋아했어요. 노랑 말고는 곁에 두고 싶은 게 별로 없었어요. 노랑이 좋은 이유는 자신감 없어 보여서였어요. 노랑은 늘 웃고 있잖아요. 용기가 없어서 매번 어디든 나서지 못하고 뒤에서 웃고 있잖아요. 속상한 마음이 옹기종기 모여 탄생한 색이지만 그래도 웃고 있잖아요. 행복한 색만 사람들에게 사랑받을 수 있다는 사실에 마지못해 행복한 척 웃는 색이잖아요. 늘 밝아 보이는 노랑을 벗기면 그 안에 사랑은 없어요. 물에다 아무리 희석시켜도 사랑은 발견되지 않아요. 그렇게 노랑은 사랑을 갈구하는 색이에요. 이런 모습이 나와 비슷하다고 생각해서 자꾸만 나타나는 노랑나비를 그냥 넘길 수가 없는 거예요. 어쩌면 미래를 암시하는 것일지도 몰라요. 지금도 그렇거니와 앞으로도 사랑 안에서 울 일이 많을 거라는 미래를 말이에요. 그를 사랑하면 울 일이 많은 건 사실이잖아요. 그래도 사랑하겠다는 것도 사실이고요.

빈 그릇에

물을 받을수록

거울이

넓어지고 있어요

사랑이 시작된 줄 모르고 그를 만나던 시기가 있었어요. 수차례 긴가민가했지요. 사소했던 순간들…… 숲에서 그의 얼굴을 올려다보았을 때, 그의 운동화에 붙은 씨앗을 떼어줬을 때, 사랑이 시작되었다는 걸 눈치챘어요.

이름이 없는 어느 숲에서 한 시간가량을 더 들어가면 그가 시 낭독회를 열고 싶어하는 커다란 정자가 나와요. 길이 없는 곳이라 쉽사리 찾기 힘든 곳이지요. 숲을 헤치고 들어오느라 우리의 팔과 다리에는 새벽이슬이 잔뜩 묻어 있었어요. 이슬을 털어내고 정자에 앉아 쉬고 있는데, 우연히 내려다본 그의 운동화에 풀과 씨앗이 얼키설키 붙어 있었어요. 나는 휴식을 포기하고 땅에 쭈그리고 앉아서 그의 운동화에 붙은 모든 것들을 떼어내기 시작했어요. 그가 발을 숨기며 조금 있다가 맨손으로 김밥을 먹어야 하니까 손대지 말라고 했음에도, 나는 그 말을 무시하고 끝까지 씨앗들을 떼어냈어요.

그는 자신의 많은 부분이 더럽다고 생각하는 것 같아요. 나에게 그와 관련된 모든 것은 하나도 더럽지 않은데 말이에요.

우리 둘이서 김밥 속 단무지를 씹는 소리를 제외하면 숲은 조용했어요. 어떤 말이라도 꺼내야만 했는데 사랑이 시작된 걸 눈치챘기에 아무 말도 할 수 없었어요. 이런 나와는 다르게 그는 다른 이유로 말을 꺼내지 못하고 있었어요. 김밥이 체한 것 같다고 그가 말했어요. 나는 얼른 그의 손을 끌어다가 나의 엄지와 검지로 그의 엄지와 검지 사이를 지압했어요. 눌러서 아프면 체한 것이 맞는데 그가 아프다고 말하며 미간을 찌푸렸어요. 아파하는 그의 표정은 잘생겨 보였어요. 그 표정이 계속 보고 싶어서 오래 지압했더랬어요. 족히 십 년은 체할 일이 없을 만큼 말이지요.

아파하는 그의 얼굴을 좋아하는 데에는 두 가지 이유가 있어요. 하나는 침대에서의 표정이 상상된다는 것과 다른 하나는 그가 조금만 더 힘들어하다가 나에게 의지해버렸으면 하는 마음에서예요. 매일 두더지 잡기 게임처럼 숨어버리는 그를 내 옆에 감춰두고, 가둬두고 싶어요. 그를 잡기 위해 팔과 다리를 뻗은 지 수년이 흘렀어요. 할 만큼 했다고 생각했는데 여태 잡히지 않았어요. 소중한 걸 감추기라도 하듯 밤하늘에 작게 박혀 있는 별은 자신이 소중해서이지만, 나는 그가 소중하기 때문에 그를 감추고 싶은 거예요. 곁에 두고 나만 보고 싶어요. 이기적인 마음이라는 건 나도 알아요. 알지만, 모든 사랑은 이기심에서 비롯된다고 생각해요. 이기심을 빼면 남는 건 없다고도 생각해요. 이기적인 만큼 내가 그를 책임지겠다고 약속한다면, 그에게도 행복이 아닐까요.

바다를 통해

말을 전하면

거품만

전해지겠지

사랑의 여러 종류 중에서 내 사랑은 이래요. 같은 공간에 마주앉아 있어도 상대가 멀게만 느껴지는 사랑이에요. 누구는 흔들리고 누구는 떨리느라 서로의 리듬이 어긋나는 사랑이에요. 정답을 알면서도 대답을 기다리는 사랑이에요. 그래서 하나의 섬 같아요. 그 섬에 살면서 매일 손바닥으로 섬을 비벼요. 뜨거워지라고 마구 비벼요. 그러나 비비면 비빌수록 뜨거워지는 건 없고 무언가로부터 쫓기고 있다는 생각만이 나를 덮어요. 그래서 말이 나오지 않아요.

말이 나오지 않을 땐 글을 쓰면 돼요.

나의 짝사랑은 원래 일찍 끝날 수 있었어요. 끝나가는 짝사랑을 망치려는 사람만 없었다면요. 망치려던 그 사람의 이름은 종교였어요. 실제로 종교 하나를 믿고 있었으며, 기도는 전혀 하지 않으면서도 항상 천국으로 가겠다고 떠들고 다니는 사람이었죠. 종교는 나에게서부터 그를 빼앗기 위해 어떠한 거짓말도 일삼았어요. 섬에서 그의 소식만을 기다리는 나는 가장 피해를 입을 수밖에 없었지요. 종교는 내가 좋아하는 남자가, 여자 아닌 남자를 좋아한다고 했어요. 그리고 그 상대가 자신이라고 했어요. 매일 저녁 그와 함께 밥을 먹고, 그와 함께 잠까지 잔다고 했어요. 나는 종교가 거짓말하고 있다는 사실을 알면서도 화내지 못했어요. 종교의 기분을 건드렸다가는 나에 대한 안 좋은 소리를 꾸며내서 그에게 퍼뜨릴 게 뻔했으니까요.

종교는 내가 가진 전부를 빼앗고 싶어했어요. 시인도 되고 싶어했어요. 자신도 등단 좀 해보자며 나에게 시를 몇 편만 달라고 했어요. 나의 시로 등단할 수 없다고 말해도 아무 소용없었어요. 오히려 종교의 기분만 거슬리게 할 뿐이었죠.

종교는 시를 빼앗기 위해 육지에서 섬까지 나를 찾아오기도 했어요. 빌린 자동차에 나를 태워서 사람이 다니지 않는 골목으로 데려간 다음 그곳에서 시를 달라고 내 목을 졸랐어요. 내가 좋아하는 남자를 자신이 완벽하게 소유하려면 자신도 시인이 되어야만 한다며, 다섯 편의 시만 주면 된다고 했어요.

나는 내 손목에 있는 금팔찌를 줄지언정 시는 절대 못 주겠다고 했어요. 그랬더니 종교가 금팔찌라도 달라고 했어요. 내가 반응을 보이지 않자 종교는 이 어두운 골목에 혼자 남기 싫으면 둘 중 하나를 선택하라고 했어요.

종교가 지금 혼자 떠나버리면 나는 버스도 택시도 다니지 않는 이 깜깜한 밤에 집까지 두세 시간을 걸어가야 했지만, 겁나지 않았어요. 내가 겁내지 않았기에 종교는 나를 버려두고 혼자 떠났어요. 떠나는 종교의 뒷모습은 천국으로 가는 것 같았어요. 재능이 없는 종교에게는 문학의 세계를 벗어나는 것이 천국일 거라고 생각했기 때문이에요.

풀로 뒤덮인 길과

팔짱을 끼던

날이었어요

상견례 날짜도 아닌데 그의 아버지를 만났어요.

그가 없는 그의 집, 빈 마당이라도 보자고 들른 그곳에 그와 똑같이 생긴 어르신이 계셨어요. 모래알보다 사람이 더 많은 제주도 아무 바닷가 앞에서 스치더라도 단번에 그의 아버지라는 사실을 알아챌 정도로 두 사람은 닮아 있었어요. 조용히 지나가도 됐지만 나는 굳이 마당으로 들어가서 식물을 가꾸시는 그의 아버지에게 인사를 드렸어요. 그의 가장 가까운 친구라고 나 자신을 소개하면서 인사를 드렸어요. 매일 도끼눈을 뜨는 그와는 다르게 그의 아버지는 나를 향해 보글보글 끓어오르는 찌개 속 순두부처럼 웃어주셨어요.

나는 친해지고 싶은 마음에 계속 말을 건넸어요. 아무도 믿지 않겠지만 함께 식사도 했어요. 해물이 상냥하게 들어간 찌개를 곁들여 밥을 먹었어요. 평소 그와 밥을 먹으면서 이해하기 힘들었던 부분들이 몇 가지 있었는데, 그의 아버지를 보면서 자연스럽게 하나둘 이해되기 시작했어요. 그가 밥을 급하게 먹는 것, 식사 중간중간 쉴새없이 돌아다니

는 것, 배에만 살이 찌는 이유를 말이지요. 조용히 밥만 먹
는 건 예의가 아니라는 생각에 이것저것 여쭈어보기 시작
했어요. 가장 궁금하기도 했고, 그의 사랑스러웠을 어린 시
절에 대해 여쭈어봤어요. 그의 아버지는 그가 어렸을 때부
터 늘 저지르기만 하고 정리가 되지 않는 아들이었다며, 지
금도 매한가지라고 한숨을 쉬셨어요. 그 말씀에 나는 반기
를 들었어요. 나는 늘 그가 저지르지 못해서 답답한 사람
이라고.

나 또한 저지르지 못해 답답한 사람이긴 해요. 일단 저지르
고 보는 성격이었다면 이미 그에게 천만번도 넘게 고백했을
거예요. 그렇기 때문에 그를 탓하지 않아요. 나 또한 이런
사람인 것을 내가 잘 아니까요.

우리가 모든 쉽게 저지르지 못하고 신중한 성격인 것은 좋
은 부분이라고 생각해요. 반려동물들이 그렇잖아요. 주인
의 눈치를 보느라 작은 행동 하나에도 신중에 신중을 다하
잖아요. 제주에 흔한 떠돌이 개들은 그렇지 않아요. 모든
행동에 거침이 없어요. 길을 떠돌다가 마음에 드는 사람을

발견하면 집 앞까지 쫓아와요. 그러니 신중한 우리 둘은, 서로가 서로에게 반려동물처럼 길들여지고 있다고 볼 수 있어요. 이렇게 길들다가 나중에는 서로가 없으면 세상을 살아가지 못할 정도로 연약한 사람이 되고 말 거예요.

아무튼, 그의 아버지와의 만남은 무척이나 성공적이었어요. 그의 몇십 년 뒤의 모습이라고 생각하면 나는 그를 믿고 평생을 곁에서 살아갈 수 있다고 다짐했던 날이었지요. 그가 앞으로도 정신없이 돌아다녀도 좋고, 배만 통통하게 살이 쪄도 좋아할 거예요. 마당에서 식물을 가꾸느라 대부분의 시간을 마당과 보내더라도 그를 좋아할 거예요. 그냥 그의 모든 면을 한군데 쓸어다놓고 좋아할 거예요.

마음에 없는 말을

찾으려고

허리까지 다녀왔다

왕복으로 열 시간가량 소요되는 한라산에 오르기로 마음 먹는 것, 참 쉽더군요.

그의 생일이었어요. 육지에 있어서 만날 수 없는 그를 축하해주고 싶었어요. 이미 가진 게 많은 그에게 물건 따위를 선물해주는 것은 의미가 없다고 생각했어요. 색다른 걸 고민하다가 그의 소원을 들어주기로 마음먹었어요.

제주에서 가장 소원을 잘 이루어준다는 곳으로 성산일출봉이 있는데요. 나는 조금 더 색다른 곳을 찾다가 백록담을 떠올렸어요. 백록담에 올라 그의 소원을 내가 대신 빌어주고 내려오리라고 결심했던 것이지요. 해발 1900미터에 이르렀을 때 그에게 연락하여 소원을 물어보리라. 이렇게요.

한라산을 오르는 중간중간마다 높이를 나타내는 비석이 있는데요. 나는 마지막인 1900미터라고 적힌 비석의 사진을 찍어서 그에게 전송했어요. 생일 축하한다는 말은 꺼내지 못하고 소원만 물어봤어요. 기운 좋은 곳에 왔으니 내가 당신을 대신하여 당신의 소원을 빌어주고 내려가겠다고 말이지요.

답장은 금방 도착했어요. 평소에 늘 생각해두었던 소원이 있었는가봐요. 그의 소원이 적힌 메시지를 확인하고서 나는 그대로 온몸이 굳을 수밖에 없었어요. 심장만이 미친 듯이 뛰고 있었지요.

그의 소원이 나의 소원과 똑같았어요.

나는 백록담을 바라보며 우리의 소원에 정성스레 기름칠한 뒤 간절히 빌고 빌었어요. 백록담의 날씨는 그 어느 때보다도 맑았어요. 무리한 소원일지라도 이루어줄 것만 같았지요. 휴대폰 너머에서 느껴지는 그의 기분은 평소보다 훨씬 좋아 보였어요. 단순히 본인의 생일날이라 그랬던 건지, 아니면 오늘 나의 행동이 선물이라는 걸 눈치채서 기분이 좋았던 것인지는 잘 모르겠어요.

하산하기 시작했어요. 사계절이 다 담긴 한라산 곳곳을 즐겨야 했으나 목적 달성을 끝낸 나는 그대로 힘이 빠져서 빠르게 내려오기에만 열중했어요.
괜히 다른 곳에 정신을 팔면 소원이 흩어질 것 같았지요.

소원을 빌었다는 자체만으로, 그와 소원이 동일하다는 사실만으로도 나는 충분히 한라산을 즐긴 것 같았어요. 우리의 소원은 두 개가 아니라 하나이기에 반드시 이루어주시리라 믿어요. 그렇게 간절히 빌었던 등단의 소원도 이루어졌으니 이것 또한 이루어지리라 믿어요.

이 하나의 소원이 이루어진다면 나는 앞으로 바랄 게 없을 거예요. 그만큼이나 유일한 소원이에요. 게다가 그와 소원이 일치한다는 것은 다시금 생각해도 놀라울 따름이에요. 나는 항상 '하나' 그 이상을 바라지 않아요. 사람도 한 사람만 좋아하고 음식도 한 종류만 좋아해요. 평생을 한 남자만을 사랑할 거예요. 지금 좋아하는 이 남자 말고는 남자라고 생각해본 사람도 없어요.

동백은 예쁘고

할말을 숨긴 소녀

나는 당신만을 기다려요. 아직도 그 자리에 있냐며 당신이 지겨워할지라도 나는 당신 하나만을 기다리는 조약돌이에요. 당신 아닌 다른 사람이 주워갈까봐 바닥에 콕 박혀 있는 조약돌이에요. 부는 바람에 마음이 변할까봐 무게를 늘리는 조약돌이에요. 분결 같은 당신 손으로는 나를 만져주지 않으니 고운 모래 위를 떠도는 조약돌이에요.

내일이면 육지로 떠날 당신이 아까워서 이번만은 술에 취하지 않고 맨정신으로 만나고 싶었어요. 하지만 그럴 수 없었어요. 술이 없는 자리에는 당신이 없었으니까요. 한 잔, 두 잔, 석 잔. 잔이 기울어질수록 당신은 녹아내리기 시작했어요. 완벽한 모습으로 나타난 당신은 술을 마실수록 녹아내리고 있었어요. 녹아버린 그 자리에 나는 엎드려서 당신을 줍기 시작했어요. 바닥 깊숙한 곳까지 파고들어 스스로 빠져나오지 못하는 당신을 맨손으로 파내고 파냈어요. 파낼수록 슬픔에 털이 났어요. 그 털을 껴안고 쓰다듬는 날들이 많았어요.

당신을 만나지 못하는 기간이 길어질수록 당신이 나를 잊

을지도 모른다는 불안도 길어지고 있었어요. 도대체 몇 달이나 지난 건지 달력을 확인하려던 순간 집으로 작은 동백나무가 배달되었어요. 한여름에 동백이라니……. 보낸 사람 자리에는 당신 이름이 적혀 있었어요. 그리고 당신은 한 달 뒤에 또다시 식물을 보냈어요. 이름은 베들레헴별꽃. 식물을 별로 좋아하지 않는 나에게 자꾸만 식물을 보내는 이유가 궁금했어요. 짐처럼 느껴졌어요. 두 식물의 꽃말을 알기 전까지는 말이에요.

꽃말을 알고서도 당신을 향한 나의 불안은 사라지지 않았어요. 불안은 귀뚜라미 우는 소리처럼 나를 따라다녔어요. 당신 주변에 사람이 많다는 사실이 내 불안의 원흉이었다는 걸 아나요. 당신 곁에 붙어서 기생하려는 사람들이 싫었어요. 그들은 바닥에 널브러진 빨랫감 같았어요. 당신에게 입히지 못하면 혼자 힘으로 절대 일어서지 못하는 빨래들. 당신이 손대지 않으면 썩은 때를 평생 달고 살아가는 빨래들. 꽃말을 알았으니 안심해도 되는데 그게 잘 안 됐어요.

당신에 대한 불안으로 시집 한 권을 완성했어요. 머리 위로 기울어진 불안에서 수많은 문장들이 쏟아졌어요. 불안이 떠드는 소리가 내 몸을 문질렀어요. 할말이 불안뿐이었어요. 불안의 발바닥은 단단했어요. 조약돌보다도 단단했어요.

당신만을 사랑하겠다는 동백의 꽃말과 일편단심이라는 별꽃의 꽃말 앞에서도 어쩔 수 없는 불안에 떨며 시집을 완성했어요. 시집 출간과 동시에 불안도 사라질 거라고 난 믿어요.

그는

나보다

아름다워요

그는 세상에서 가장 아름다운 영화 같아요. 나보다 아름다워요.

지구에서 그가 숨쉬고 있다는 사실을 알기 전에는 하루에 한 편씩 영화를 보곤 했어요. 장르는 무조건 로맨틱 코미디였죠. 아마 당시에 존재하던 로맨틱 코미디 영화는 내가 다 봤을 거예요. 한 편을 열 번씩 보기도 했어요. 영화와 뗄 수 없는 단짝이었는데 그를 만난 이후로는 영화와 깨끗이 절교했어요. 영화가 시시하게 느껴졌기 때문이에요. 그가 나에게 영화보다 더 영화 같은 상황을 연출해줘요. 영화 주인공의 대사보다 더 로맨틱한 대사를 내게 읊어주고 사랑의 세포가 풍부해질 만한 손짓으로 배경음악을 연주해줘요. 아름다운 그의 곁에서 나 또한 아름다워지는 기분을 매번 느껴요.

아름다움은 옮는 병이에요.

영화 같은 장면을 연출해준다고 해서 그가 한없이 다정하고 부드러운 사람이라는 건 아니에요. 성산일출봉 입구에

서서 여행객 아무나 붙잡아도 최소한 그보단 다정할 거예요. 그는 되게 까칠하고 예민한 사람이에요. 하지만 그게 아름답다고 느껴질 만큼 그는 특별한 구석을 가지고 있어요. 물론 내가 그에게 다정한 면을 기대하지 않는 것도 있어요. 그는 나의 기분을 전혀 고려하지 않고 막말을 던지는 것으로 내가 시적 감수성을 유지할 수 있도록 해줘요. 그에게 마냥 예쁨만 받았다면 시를 쓰지 못했을 거예요. 나의 시는 속상해서 쓴 것들이 대부분이기 때문이에요. 나쁜 상황에서는 나쁜 이유가 다양해도, 좋은 상황에서는 왜 좋은지에 대한 이유가 별로 없으니 가능한 일인 거예요.

기대하고 있지 않으면 한 번씩 다정함이 찾아옵니다.

다정하고 부드러운 면을 갖춘 남성이 완벽한 남성이라고 생각하지 않아요. 단순히 말만 예쁘게 한다고 해서 착한 사람이 아닌 것처럼요. 그의 존재가 영화를 시시하게 만든다고 말하는 나의 의견은 언어로 해석되지 않아요. 그래도 굳이 풀이하자면, 그의 신체에 미술적이고 영화적인 요소들이 많이 존재한다고 말할 수 있겠네요. 그의 팔꿈치에 핀

수국, 목젖에 뜬 노을, 민들레 꽃씨 같은 속눈썹, 바닷바람 같은 발걸음, 투덜거리는 옹알이. 이런 것들이 바로 나에게 감동적이고 신선하게 다가와요. 그가 앞으로도 나와 계속 만나준다면, 그가 평생 짜증을 낼지라도 나는 그를 나만의 뮤즈로 이용할 거예요.

그늘을

벗어나도

그게 비밀이라면

그가 자꾸 귀신에 시달린다고 했어요. 자려고 누우면 빈 거실에서 덜그럭 소리가 들리고, 형태 없는 존재의 발소리와 이유 없이 물 흐르는 소리가 들린댔어요. 나는 귀신 전문가인데 그의 집에서 귀신을 느낀 적이 단 한 번도 없었어요. 귀신은 남자 앞에서만 나타나고 여자 앞에서는 숨는 게 분명했어요. 처녀귀신이 분명했어요. 아무리 귀신이라도 여자라는 사실은 참을 수가 없었어요. 도대체 왜 그를 훔쳐보는 것이야!

귀신은 힘으로 이기는 것이 아니라 기운으로 이기는 거예요. 나는 그가 길게 여행을 떠날 때까지 기다렸어요. 귀신과 나의 진한 결투를 말이죠. 그전에 우선 부지런히 무기를 찾아다녔어요. 날카로운 건 소용이 없고 기운이 센 물건이어야만 했어요. 제주에 있는 모든 골동품 가게는 전부 뒤져본 것 같아요. 오랜 세월의 흔적이 묻은 물건이기를 바랐어요. 그래야 귀신과 맞설 다른 귀신이 붙어 있을 테니까요.

한동리의 어느 가게에서 눈에 띄는 물건을 발견했어요. 세 마리의 고양이가 기도하는 형상의 도자기 인형이었지요.

토테미즘 느낌이 들었어요. 그 도자기 인형에 손을 대자마자 강한 기운이 느껴졌어요. 털모자를 쓰고 있는데도 뒤통수가 서늘해졌지요. 얼른 주인에게 값을 지불하고 단단하게 포장된 도자기 인형을 들고 문밖을 나섰는데, 지나가던 개가 나를 향해 유난스럽게 짖어댔어요. 개가 짖음으로써 나는 대단한 물건을 손에 쥐었다는 확신이 들었어요.

그가 인천공항에서 체코행 비행기에 오르는 시간, 나는 도자기 인형과 꽃을 들고 그의 집으로 향했어요. 현관문을 열자마자 신발장에서부터 서늘한 기운이 느껴졌어요. 나는 몸에 열이 날 수 있도록 귀를 살짝 꼬집었어요. 마음을 단단히 먹고 거실로 들어선 다음 가방에서 수맥봉을 꺼내어 펼친 뒤 집안 곳곳을 돌아다녔어요. 귀신이 자주 출몰한다고 했던 거실과 안방을 특히 집중적으로 검사했어요. 수맥봉의 반응은 안방 창틀에서 왔어요. 창틀에 세워진 그림에서 수맥봉이 미친듯이 움직였어요. 두 여자가 그려진 그림에서 말이지요.

여태껏 한 여자도 아닌 두 여자에게 시달리고 있었다

니……. 나는 얼른 그 자리에 꽃을 내려놓고 숨죽였어요. 이 행위는 귀신을 달래는 작업이었어요. 그러고는 거실로 나가 현관에서 잘 보일 만한 선반 위에 도자기 인형을 올려두었어요. 올려두고 그 도자기 인형에 대고 주문을 외우듯 읊조렸어요. 여자 귀신들뿐만 아니라 살아 있는 여자들도 전부 내쫓아버리라고. 그의 곁에 얼씬도 못하게 하라고. 감히 그에게 말도 못 걸게 하라고. 나만 빼고.

귤의

이름은 귤,

바다의

이름은 물

난 사실 그의 그곳에 대해 매일 생각해요.

그가 면바지를 입고 온 날이었어요. 운전석에 앉으면서 자세를 잘못 잡았는지 남자들만 가진 부위가 도드라져 있었어요. 그때 나는 조수석에 앉아서 곁눈질로 그의 그곳을 훔쳐봤어요. 안 보려 해도 본능적으로 눈동자가 그리로 향했어요. 찹쌀떡 서너 개가 들어 있는 것 같았어요. 그곳으로 온 신경을 쏟다가 숨이 제대로 안 쉬어졌어요. 나중에는 뇌 기능까지 정지되었어요. 그가 묻는 모든 질문에 내 대답은 빗나가고 있었어요. 일주일 굶고 눈앞에 나타난 탕수육과 자장면을 보았을 때보다도 더 애가 타고 침이 나왔어요. 한 번만이라도 좋으니 보여주면 안 되냐고 물을 수도 없었어요.

그날 이후로 그 생각은 밤마다 사자처럼 어홍, 하고 나를 찾아왔어요.

한 번만 만져보게 해준다면, 색깔이라도 알려준다면, 내가 가진 재산을 전부 내줄 수 있어요. 그만큼 그의 그곳이 좋아요. 그곳을 상상할 때 나는 생명력이 넘쳐나요. 그를 만날 때마다 먼산을 바라보는 척 곁눈질로 그곳을 노릴 수밖에 없어요. 이런 나의 행동을 그가 눈치챘는지 언제부턴가 긴 셔츠만 입고 다니기 시작했어요. 여름에도 노출이 없었지요. 그의 맨살을 보는 일은 쉽지 않았어요. 쉽지 않으니 더 애가 탔어요. 흥분은 매일매일 갱신이었어요. 그가 아무리 재미있는 이야기를 들려줘도 나의 신경은 온통 그곳에 가 있었어요. 보통 이런 건 남자들이 겪어야 하는 상황이 아닌가 싶었어요.

그게 아니라면 이 모든 상황은 그가 나보다 아름다운 탓이에요. 그 부위를 보고 나면 더 완벽하게 그를 사랑할 것 같아요. 그의 그곳은 마침표예요. 길쭉하게 생겼지만 '사랑'이라는 단어 끝에 붙일 마침표예요. 그의 다른 부위는 이미 다 봤어요. 잘 익은 식빵처럼 생긴 발바닥도 이미 봤어요. 그가 먼산을 바라볼 때 귓구멍도 봤어요. 하품할 때 목구멍 속도 봤어요. 이제 그곳만 보면 그를 향한 나의 사랑은 완벽해져요.

억지부리지 않고 그가 순순히 옷을 벗을 때까지 기다릴 거예요. 그가 옷 벗는 상상을 자주 하지만, 실제로 내 앞에서 옷을 벗는다면 그대로 굳어버릴 것 같아요. 바스락거릴 정도로 굳어서 자신감을 상실한 채로 벌벌 떨고 있을 것 같아요. 애타게 기다리던 그곳에 선뜻 손대지 못하고 어색한 미소만 짓고 있을 것 같아요. 사람이 오랜 시간 기다렸던 순간을 맞이하면 뻣뻣해지잖아요. 이게 꿈인지 현실인지 구분될 때까지 뻣뻣해지잖아요. 괜히 꿈인데 어디라도 잘못 건드렸다가 현실로 돌아온다면 끔찍하잖아요. 어떻게 꾼 꿈인데 허무하게 끝나버리나, 하면서요. 꿈에서라도 좋으니 입에라도 넣어볼걸, 하면서요.

가만히

있다보니

순해져만

가네요

나는요.

그는 물론이거니와, 식물조차 편하게 만지지 못해요.

고등학생 시절까지는 사람을 만지는 것에 대한 거부감이 없었어요. 길을 걷다가 동물을 발견하면 무조건 일단 손을 뻗고 봤어요. 등교해서 친구들을 만나면 서로의 몸을 만지는 것으로 하루를 시작하기도 했어요. 그랬던 내가 지금은 그를 만지지 못하고 보관만 하고 있어요. 남자를 함부로 만지면 안 된다는 사실을 알아버린 이후로부터 시작된 것 같아요. 순수했을 땐 그런 생각이 없었는데 고등학교를 졸업할 즈음에 알게 된 남성성 때문에 스킨십에 소극적인 내가 탄생해버린 것이에요. 상상으로는 그와 절정에 수십 번도 오르지만, 현실에서는 그의 앞에서 고개조차 제대로 들지 못하는 참나리꽃이에요.

그가 다른 곳을 바라볼 때면, 그때에서야 그를 훔쳐보기 시작해요.

훔쳐보는 것으로 그의 많은 곳을 보았어요. 나는 이제 그의 이목구비 사정에 대해 웬만큼 잘 알아요. 내가 이런 사람인만큼 그 또한 나만큼이나 사람을 만지는 것에 거부감을 느끼는, 혹은 신중한 사람이라고 생각해요. 가끔은 나의 수준을 뛰어넘기도 하지요.

용기를 내어 그를 만져보는 순간순간이 있는데요. 그럴 때마다 그는 유난스럽게 화들짝 놀라곤 해요. 인기척에도 놀라는 사람이긴 하지만 그래도 살이 맞닿았을 때 가장 크게 놀라요. 한번은 동백꽃이 만발했을 때였는데요. 그와 동백밭을 걷다가 오점 없이 완벽한 동백꽃 한 송이를 내가 발견하여 그걸 꺾었더랬어요. 덜레덜레 동백꽃을 가지고 다니다가 그가 다른 곳에 한눈을 판 사이 그의 벌어진 손바닥 위에 꽃을 올려두었는데요. 그가 폭탄 소리라도 들은 사람처럼 놀랐어요. 별것도 아닌 일에 유난스럽다는 생각에 나는 그만 발끈하여, 왜 매번 만질 때마다 놀라냐고 따졌더니 그가 자기는 원래 이런 사람이라고 했어요.

도대체 원래 어떤 사람이길래요?
우리 둘의 공통점이라는 생각을 하면 마음 한편이 괜찮아지는 것도 있어요. 나중에 우리가 사랑을 나누게 되는 순간이 온다면 어떤 식으로 사랑을 나눌지 기대되는 것도 있어요. 그때마저도 서로에게 머뭇거릴까, 아니면 참아왔던 걸 대폭발시킬까, 매우 궁금해요. 궁금하니 빠르게 사랑을 진행시켜야만 하겠는데 무엇을 먼저 해야 하는지 모르겠어요. 본론으로 바로 들어가고 싶지만 그러면 안 될 것 같다는 생각이 나를 이끌어요. 모르긴 몰라도, 그의 앞에서 참나리꽃처럼 고개 숙이는 성격만은 고치겠어요. 참나리꽃처럼 살다가는 참나리꽃이 되어버릴 수 있으니까요. 그것만은 절대로 피하고 싶어요. 왜냐하면, 참나리꽃은 열매를 맺지 못하는 꽃이기 때문이에요.

하고 싶은 말

지우면

이런 말들만

남겠죠

그는 나보다 한참이나 오빠인데도 내가 모성애를 느껴요. 아들 같아요. 매 순간 보살핌이 필요한 남자예요. 내가 잠시 눈을 돌린 사이에 그는 또 다친 상태로 나타났어요. 부러질 때 빼고는 절대 움직일 리 없는 의자에 앉다가 팔걸이에 갈비뼈를 찧었대요. 괜찮은 줄 알고 하루를 보냈는데 다음날 잠에서 깨어나니 누운 상태에서 도저히 허리를 일으킬 수가 없었대요. 그래도 약속을 취소할 수 없어서 지금 내 옆에 있는 거라고 했어요. 나는 당장 그를 데리고 병원으로 갔어요. 그리고 병원 안으로 들여보냈어요. 무슨 고집인지 혼자 들어가겠다고 하길래 나는 바깥에 차를 세워두고 기다렸어요. 진료를 마치고 나온 그는 나에게 다시 혼나야 했어요. 의사가 엑스레이 촬영을 하자고 했는데 그가 엑스레이만큼은 절대로 찍기 싫다고 버텼대요. 나는 왜냐고 물어봤어요.

조금이라도 방사능을 쬐기 싫었대요. 방사능이 그렇게 싫은 사람이 일본은 왜 그렇게 자주 갔었냐고 내가 물었어요. 일본으로 여행을 떠나는 그의 등을 힘껏 꼬집고 싶었다는 이야기를 비밀스레 산문으로 발표했었는데, 그가 그걸 읽었나봐요. 나중에 아이를 가지고 싶다면 일본은 조금 위험하지 않겠냐는 문장을 썼었거든요. 뒤늦게 정신을 차리고 방사능을 피하는 그를 칭찬해주지는 못할망정 일본은 왜 갔었냐고 따져버렸어요. 나의 도발에 그는 지지 않으며, 일본과 엑스레이 촬영은 다르다고 했어요. 말도 안 되는 말이었지만 그러려니 했어요. 괜히 따졌다가는 아들이 삐질 수 있었으니까요.

그를 차에 태우고 원래 계획이었던 곳으로 놀러갔어요. 허리 아프다고 울상 짓던 그는 나보다 더 활기차게 놀았어요. 아무리 생각해도 엄살이 심한 편인 것 같아요. 맨날 나보고 엄살떨지 말라고 하면서 본인이 제일 엄살 심해요. 내 주먹 백 개보다 큰 덩치로 엄살을 떨 때면, 나는 그 모습이 귀여워서 미쳐요. 알사탕처럼 사랑스러워요.

사랑하면 멋있어 보이는 게 아니라 귀여워 보인다는 말이 정답인 것 같아요. 그가 화를 낼 때도 무서운 척해주고는 있지만, 사실은 되게 귀여워요. 짜증낼 때도 그저 웃기고 귀여워요. 걷다가 발을 삐끗해도 추하지 않고 귀여워요. 눈에 낀 눈곱도 귀여워요. 입술에 하얗게 침이 말라 있어도 귀여워요. 과일을 편식하는 것도 귀여워요. 왜 하필 과일인 건지 너무 귀여워요. 그가 안 귀여웠던 순간이 없어요. 헤어지자는 말만 안 한다면, 내가 먹으려고 사다놓은 빵을 훔쳐먹어도 사랑스러울 것 같아요.

자신을 이렇게 귀여워해주는 사람이 나 말고는 별로 없는 것 같은데 그냥 나랑 사귀어줬으면 좋겠어요. 평생을 귀여워만 해주다가 생을 마감할 사람인 나랑 결혼해줬으면 좋겠어요. 자신이 소리를 지르며 화를 낼 때 웃으며 받아주는 사람이 나밖에 없는 것 같은데, 그냥 다 포기하고 나에게 온몸을 맡겼으면 좋겠어요. 눈을 흘기며 째려볼 때도 설레어하는 사람이 나밖에 없는 것 같은데, 그냥 내게 인생을 맡겼으면 좋겠어요.

장미가

우릴 비껴갔어도

여백이 많아서

우린 어쩌면

사랑 때문에 포기할 수 있는 일들이 내겐 많아요.

그를 제외한 모든 것에 쉽게 손을 놓을 수 있어요. 천재가 되는 일도 포기했지요.

긴 머리도 잘랐어요. 머리 길이가 허리를 덮어야 예쁜 줄 알고 평생을 살아온 내가, 별로라는 그의 한마디에 바로 미용실로 향했어요. 연장한 속눈썹도 떼어버렸어요. 치마 빼고는 전부 길어야 안심이 되던 때라 속눈썹을 길게 연장하고 다녔는데 지네 같다는 그의 한마디에 연장한 속눈썹을 죄다 떼어버렸어요.
옷도 마찬가지였어요. 그가 짧은 치마와 꽃이 많이 그려진 스타일은 싫다고 해서 그날 저녁 나는 옷장을 들었다가 내려놓았어요. 전부 바꾸고 나니 다시 태어난 기분이었어요. 이제 완벽해졌으니 그가 내게 박수 쳐줄 거라고 생각했는데 웬걸, 희대의 살인마 누구를 닮았다고 했어요. 휘귀 먹다가 말고 부엌으로 들어가서 칼 들고나올 뻔했잖아요.

예전의 나는 충동적이거나 적극적이지 못하고 뒤에서 망설이는 타입의 사람이었어요. 그래서 좋아하는 남자 앞에선 늘 작아진 몸을 숨기기에 바빴지요. 다른 적극적인 여자가 나타나서 내가 좋아하는 남자를 탐내면 그걸 막지 못하고 혼자 구석에서 훌쩍이는 사람이었어요. 지금 생각해보면 참 답답하고 안타까운 과거의 나였지요. 하지만 지금은 달라졌어요. 태풍도 내가 가는 길은 막지 못할 정도로, 가시나무도 맨손으로 잡을 정도로 강해졌어요. 이렇게 극에서 극으로 뒤바뀐 이유는 너무도 가지고 싶은 그의 주변에 여자들이 많기 때문이에요. 그를 탐내는 여자들이 징그럽게 많아요. 그 여자들을 전부 하나하나 칼로 쳐내다가 이렇게 강해진 거예요. 요즘은 아예 그를 노리는 여자들이 생기면 이렇게 말해요. (아직 고백도 못했지만) 그는 나의 애인이라고요. 쉽고 강력한 방법이지요.

뒷일은 아마도 해피엔딩?

그에게 고백할 때 사용할 반지는 이미 사두었어요. 고백이라는 단어는 참으로 묘해요. 사랑에만 사용되는 것은 아니며 평생을 시행하지 않아도 인생이 살아지는 단어잖아요.

구석에다 내치고 살아도 살아지는 단어지만, 손에 꽉 쥐기
만 하면 단숨에 세상을 바꿔버릴 단어잖아요. 잘만 하면
지루했던 나의 인생을 뒤바꿔줄 이 단어가 내겐 너무도 풋
풋하여 손대면 죄짓는 일 같아요. 망설임과 결단의 완벽한
비율에도 쉽사리 세상 어디에다 내놓기가 힘들어요. 고백
이 아니라 자백으로 읽혀요. 아슬아슬하고 팽팽한 이 단어
를 무슨 수를 써서라도 저지르고 말아야만 하겠는데……
한 번은 저지르고 말아야 하겠는데…… 해내고 말아야 하
는 나는, 나에게 진심으로 행운을 빌어요.

참고 있느라

물도 들지 못하고

웃고만 있다

부탁을 들어주고도 미안한 사람이 나예요.

한 사람의 어느 면까지 좋게 보여야 사랑이라고 할 수 있을까요. 계산해본 적 있으신가요. 그의 입술에 침이 말라서 요플레를 먹은 사람처럼 하얗게 되어 있었는데 그 모습을 보고도 사랑의 감정을 느꼈어요. 물론 상황이 사랑에 빠질 만한 상황이긴 했어요. 더 나아가 그 얼굴로 나에게 시비를 걸고 있었는데 나는 사랑에 빠지고 있었어요. 이렇게 나는 쉽게 사랑을 느끼며 살고 있는데, 그는 나의 어느 면까지 사랑해주고 있을까 고민하면 슬퍼지기만 했어요.

귤나무에 청귤이 열린 이유만으로 나는 그의 집에서 청귤을 따야 했어요. 그가 서울에 있는 자신을 대신하여 마당에 열린 청귤을 따다 보내달라고 했기 때문이에요. 어려운 부탁이라고 느껴졌기에 바로 승낙했어요. 남들이 쉽게 해주지 않는 일을 내가 해주면 좋아하는 마음이 간접적으로나마 들킬 수 있다고 생각했으니까요. 그가 세 박스만 따줘도 고맙다고 한 것을, 나는 마음이 넘쳐서 아홉 박스를 따겠다고 했어요. 귤나무에서 벌레들을 발견하기 전까지는 말이에요.

벌레는 나의 유일한 아킬레스건. 벌레와 마주친 순간 온몸이 정전됐어요. 농약이 있었더라면 좋았을 것을 그의 귤밭은 친환경 유기농이었어요. 엄살이 아니라 진심으로 단 하나의 귤도 딸 수가 없었어요. 아홉 박스를 따겠다고 큰소리쳐놓고 하나도 못 따면 그가 크게 실망할 것 같아서 나는 오도 가도 못한 채로 귤밭에 서서 손가락만 깨물고 있었어요. 남들에겐 고작 개미와 거미인 것이, 나에게는 당장이라도 내 몸을 썰어버릴 칼과 도마로 보였어요. 수억 번의 고민 끝에 결국에는 그에게 구조 요청 메시지를 보냈어요. 약한 모습을 보이거나 엄살을 떨면 노발대발하는 그에게 이 상황을 알린다는 것은 실로 내게 엄청난 결단이었다고 말씀드리고 싶어요.

결단은 횡재로 다가왔어요. 그가 비행기를 타고 날아와서 같이 따주겠다고 한 것이에요. 귤도 따고 그의 얼굴도 볼 수 있다는 사실에 흥분되기 시작했어요.

환한 웃음으로 그를 맞이한 나와는 다르게 그는 대충 인사만 하고서는 바로 귤을 따기 시작했어요. 원래 가끔 무례하게 인사하는 사람이니까 이해했어요.

귤을 따면서 그는 나에게 이유 모를 시비를 걸기 시작했어요. 여기까지 와준 그가 다정해졌다고 느낀 내가 바보가 된 기분이었어요. 약한 모습을 보인 대가치고는 가혹하리만큼 내게 화를 내고 시비를 걸고 있었어요. 잘 보이고 싶은 마음에 부탁을 들어준 것이 오히려 안 좋은 상황을 초래하고 있다는 사실에 눈물이 나올 것 같았어요. 하지만 참았어요. 울면 그가 싫어하니까요. 울음을 참느라 웃음기가 사라져가는 나를 보고서도 그는 시비를 멈추지 않았어요.

벌레 때문에 상황을 이렇게 만들어서 미안하다고 말했고, 내가 자기를 좋아하고 있는 것도 잘 알고 있으면서 이렇게까지 나를 막 대하는 그가 이 세상에서 증발해버렸으면 좋겠다고 생각했어요. 내 가슴에 소주병 푸른빛 멍이 들고 있었어요.

과연 앞으로도 평생 이 남자의 화를 감당해낼 수 있을까 고민됐어요. 산이 쌓여갈수록 마음은 뾰족해지고 있었어요. 귤 따는 내내 나의 자존심을 다 갉아먹는 그의 언어에 나는 감정을 참지 못하고 그의 얼굴을 째려보았고, 그대로 웃어버리고 말았어요. 그의 입술에 하얗게 말라붙은 침이 '이 남자도 나를 위해서 노력했구나'라는 생각이 들게끔 만들었기 때문이에요. 귀엽고 사랑스러운 입술이었어요. 그 입술이 마음에 들어서 점심을 먹으러 식당에 도착할 때까지 침 닦으라고 말해주지 않았어요. 이런 전개라면 평생 그의 시비와 화를 감당해낼 수 있을 거라고 생각했어요. 힘든 인연도 아무튼 인연이니까요.

비어 있는

모든 집들은

그가 사는 집이다

그가 사는 집에는 그가 없는 날이 많아요. 대부분 다른 사람들이 서로 번갈아가며 그의 집에 살아요. 그럴 때마다 나는 내가 착한 사람인지 나쁜 사람인지 헷갈려요. 그의 집에 있는 사람들이 밉고 싫기 때문이에요. 그가 나 아닌 다른 사람과 친하다는 사실이 싫어요.

나는 그와 같은 동네에 살기 때문에 자주 그의 집 앞을 지나쳐 가요. 그럴 때마다 마음이 좋지 않은 날들이 대부분이에요. 그의 집 마당에서 느껴지는 인기척에 고개를 돌리면 낯선 사람이 보이는 경우가 대부분이에요. 차라리 낯선 사람만 있으면 그나마 나아요. 낯선 사람과 그가 함께 있는 경우는 정말 절망적이에요.

절망적이던 어느 날이었어요. 그가 친구들과 마당에 모여 저녁상을 차리고 있었어요. 그 순간 첫째로 연락도 없이 제주에 온 그가 미웠고, 둘째로 그가 나 없이도 행복해 보여서 미웠어요. 웃고 있는 그의 표정은 내 가슴을 순대 썰듯이 썰었어요. 그때 그의 친구가 나를 발견했어요. 곧 모두가 나를 발견했어요. 어색한 웃음으로 사라지려는 나를 그의 친구가 불러세웠어요. 음식이 많으니 식사라도 하고 가시라고.

"죄송하지만 저는 전자레인지로 데운 음식만 먹어요"라는 바보 같은 대답을 남긴 채 나는 마을을 벗어났어요. 솔직히 그가 나를 붙잡았으면 못 이기는 척 함께 식사하려고 했는데 그는 나를 붙잡지 않았어요. 거절한 건 나 자신인데, 내 가슴에만 우박이 쏟아졌어요.

모르겠어요. 그와 관련된 일에는 왜 이렇게 가슴 아픈 일이 많은 건지 모르겠어요.

그가 나랑만 시간을 보낼 수 없는 사람이라는 건 알아요. 그 사실에 두 손 두 발 전부 들 수 있어요. 아직 서로의 감정을 확인한 사이가 아니니까요. 나의 마음과 그의 마음이 일치한다는 보장이 없으니까요. 누군가는 우리가 서로 좋아하고 있다고 말하지만, 그건 그만큼만 정답이니까요.

나도 나를 알아요. 내 욕심이 너무 지나치다는 것을요. 그와 똑같은 모양의 반지를 끼고 있다면 내가 당당히 그의 친구들 앞에 나설 수 있을 텐데. 내가 그와 키스한 사이라면 그의 빈집을 내가 지킬 텐데. 앞으로의 많은 시간을 그와 함께 보내고 싶은데. 내가 그의 부인이라면 그의 친구들을 웃음으로 환영할 수 있는데. 그의 마음만 확인되면 나의 욕심은 진심이 될 수 있는데. 물론 그의 마음이 어느 방향으로 향하는지에 따라 다르지만요. 나쁜 상상은 하기 싫어요. 이미 충분히 아파요. 제주에서 밤마다 우는 새가 바로 나예요.

나는 바다가

채가기만을

기다리는 사람 같다

친구라는 것은 있어도 그만, 없어도 그만이라고 생각해요. 내가 고장난 것일 수도 있어요.

그를 만나보고 싶다는 친구가 있었어요. 사랑의 감정이 아니라 인간 대 인간으로서의 호기심이라고 했어요. 그에게 호기심을 가지는 사람이 워낙 많기에 나는 그 제안을 순수하게 받아들였어요. 그렇게 마련한 술자리에서 그 친구는 그에게 적극적으로 사랑의 감정을 뿌리기 시작했어요. 내가 그를 좋아하고 있다는 사실을 알면서도 그랬어요. 내가 빤히 보고 있는데도 그랬어요. 그날을 시작으로 나는 친구를 곁에 두지 않는 사람이 되었어요.

내 결정이 잘못된 것일지도 몰라요.

혼자 지내는 시간이면 친구라는 존재에 대해 많은 생각을 해보곤 했어요. 빗물에 담긴 국수 같은 친구들. 나를 이용하기 위해 친한 척하는 친구들. 그런 친구들. 반대로 나를 진심으로 대하는 친구들도 있긴 있어요. 그들은 있으면서도 없어요. 나는 친구가 필요한 사람이지만 그를 원하는 친구라면 필요 없어요. 하지만 그를 원하는 친구들이 너무 많아요. 나를 이용해서 그를 만나려는 친구들. 사람에게는 관심 없고 사랑에만 관심을 두는 친구들.

나도 누군가에게 그런 친구일지도 모르지요.

그를 싫어하는 사람을 친구로 두고 싶어요. 실제로 그를 안 좋아하는 사람들과 친하게 지내는 편이에요. 이기적인 마음이라는 건 나도 알아요. 나만 고장난 것일 수도 있어요. 손등으로 박수를 쳐도 그게 사랑이라면 내게는 찰지게 손뼉 치는 소리가 들려요. 순한 공기 안에서도 매운 그를 찾아내는 것이 나의 사랑이에요. 종로에 가더라도 고치지 못할 병이에요.

나무는

흔들릴 때마다

투명해진다

드디어 왔어요. 나 혼자 애타고 혼자 착각하고 혼자 결정하던 내 사랑에도 드디어 왔어요.

노을이 길게 머무는 바닷가 근처에 마구간을 개조하여 만든 술집, 그곳에 그는 없고 그와 나 사이를 응원해주는 부부만이 나를 기다리고 있었어요. 평소 외출 기피증이 심해서 집에만 있는 나를 그곳까지 끌어낸 건 부부였어요. 빨리 술기운이 돌기만을 기다렸어요. 그래야 부부가 연락을 계속 피하던 나를 굳이 불러낸 의도를 드러낼 것이었으니까요. 다행히도 오래 걸리지 않았어요. 취기가 적당히 오르자 부부는 (내가 좋아하는) 그 남자에 대해서만 떠들기 시작했어요. 그의 장점은 물론이거니와 확인되지 않은 그의 면에 대해서도 환상적으로 들리게끔 떠들었어요. 그리고 결정적인 한마디, 내가 몇 년간 가장 듣고 싶었던 한마디, 부부는 입을 모아 그가 나를 좋아하고 있다고 말했어요.

부부는 며칠 전에 제주에 내려온 그를 잠시 만났었다고 했어요. 그때도 술을 조금 마셨었는데, 그때 그가 짝사랑중인 여자에 대해 털어놓았다고 했어요. 짝사랑하는 그 여자의 이름은 밝히지 않았지만, 그 여자에 대한 묘사가 꼭 '나'였다고 했어요. 믿음이 갔어요. 왜냐하면 이 부부가 나도 그를 좋아하고 있다는 사실을 모르는 상태에서 꺼낸 이야기였거든요. 부부는 우리의 관계가 잘 붙었으면 좋겠다고 했어요. 가장 듣고 싶었던 말을 들은 나는 속으로 환희에 젖어서 나도 여태껏 은밀하게 혼자만 간직하고 있던 이야기를 들려주었어요. 내가 시인이 되어야만 했던 이유, 산문까지 쓰게 된 이유에 대해서 전부 말이에요. 시와 산문으로 좋아하는 마음을 그에게 전한 지 무려 삼 년이 되어가는데도 그는 모르는 눈치 같다는 말도 했어요.

내 시와 산문에는 온통 그 사람뿐이에요. 그에게 직접 꺼내지 못한 말들만을 써내요. 시에 전하고 싶은 말을 열심히 적었는데 그가 알아듣지 못하는 것 같아서 조금 더 이해하기 쉬운 산문을 쓰게 된 거예요. 산문마저 이해하지 못한다면…… 고백만이 답이겠지요.

부부와의 만남 이후에 더 애가 타기 시작해서 점성술사를 찾아갔어요. 같은 질문으로 여러 점성술사를 찾아갔는데 그들이 내놓는 대답은 전부 부부가 했던 말과 동일했어요. 그 남자도 나를 좋아하고 있댔어요. 사람이 정말 듣고 싶었던 말을 들으면 온몸이 어떻게 반응하는지 아시나요. 내면에 숨어 있던 불씨가 빠른 속도로 온몸을 뜨겁게 달구어요. 열기에 목이 탈 정도로 말이에요. 언젠가 그가 한여름 폭염 속에서 이 뜨거운 온도가 사랑에 빠졌을 때의 온도와 동일하다고 말해준 적 있어요. 당시에 나는 그 말을 이해하지 못했는데 이제는 알 것 같아요. 부부와 점성술사가 내게 전한 말은 나를 활활 타오르게 만들었어요.

고백하기에 앞서, 그가 묘사한 여자가 나이기만을 간절히 바랄 뿐이에요. 자꾸 의심하게 되는 건 나만의 고질병이에요. 그가 없이는 시를 쓸 수 없어요. 어떠한 글도 쓸 수 없어요. 그가 내 고백을 받아준다면 나는 모든 것을 포기할 수 있어요. 평생 풀만 먹고 살 수 있어요. 살아 있는 산낙지를 입에 넣을 수 있어요. 커다란 알약을 삼킬 때마다 삼 초 안에 삼키면 그와 사귈 수 있다고 혼자서 조건을 걸곤 하는데요. 그럴 때마다 나는 킹콩의 주먹도 영 초 만에 삼키곤 해요. 이렇게 간절한 사랑이니 부디 도와주세요.

풀밭에 서면
마치 내게 밑줄이
그어진 것 같죠

바람 내뱉듯 후후, 자연스럽게 사랑을 고백할 수 있도록 노트북 화면에 그의 사진을 띄워놓고 고백을 연습하고 있어요. 오래전에 사두었던 반지를 들고 연습하고 있어요. 보통 연습이라고 하면 실패를 최소화하기 위해서 하는 것이지만 나는 실패를 피하려고 하는 것이 아니에요. 조금 달라요.

얼마 전 제주에서 진행된 나의 시 수업에서 어느 학생이 이렇게 물었어요. 주로 어느 기분일 때 시를 쓰는 편이냐고. 사람마다 다 다르겠지만 나는 거의 백 퍼센트의 확률로 슬프거나 아플 때 쓴다고 했어요. 이 두 가지의 기분이 없으면 시가 써지지 않는다고도 덧붙였어요. 습작생에서 등단까지 이어진 것도 전부 이 기분들 때문이라고 말해줬어요. 조만간 누구에게 사랑을 고백할 건데, 만약 사랑이 이루어진다면 나는 행복해서 시를 써내지 못할 것 같다고 답변을 마무리지었어요.

9월 17일이 사랑을 고백하기에 좋은 날이라고 하더군요. 그날 고백에 성공하여 사귀게 된다면 크리스마스 당일이 100일 기념일이라 그렇다더군요. 내 생각은 달라요. 고백하기 좋은 날은 상대도 나를 좋아하고 있다는 확신이 드는 날이라고 생각해요. 확신이 들어야 고백에 무조건 성공할 수 있어요. 요리 앞에서 내 손에 든 것이 칼이라는 확신이 들어야 음식을 썰 수 있듯이 말이에요. 단순히 상대의 마음을 확인하기 위해서 고백했다가는 앞으로 영영 상대를 만나지 못할 수도 있어요. 가슴 아픈 게 싫다면 머리를 잘 굴려야 해요. 나는 그게 12월이에요.

12월에 그를 만날 수 있는 날은 단 하루예요. 이날 그에게 고백하려고 해요. 남자도 나에게 마음이 있다는 확신이 들었기 때문이에요. 하지만 확신은 늘 의심을 동반하지요. 두 단어가 나에게 기생하며 오랜 시간을 서로 낯설어하고 있지요. 언제가 그가 내게 이렇게 말한 적이 있어요. 실패를 두려워 말고 좋아하는 남자가 있으면 고백하라고. 나는 만약에 고백했다가 차여서 평생을 친구로도 남지 못하면 어쩌냐고 물었더니, 그가 식당 전체에 큰 소리가 울려퍼지도록 숟가락을 세게 내려놓으며 친구로 남지 못하는 것보다 평생 친구로만 지내야 하는 것이 더 아픈 일이라고 했어요. 나도 숟가락을 내려놓으면서 외쳤어요. 그럼 니는 왜 고백

안 하냐고.

기 싸움에서 내가 졌으니, 내가 고백하려고 해요. 두근거리다가 터지는 풍선이 되어 내가 먼저 고백하려고 해요. 바람 앞에서 살랑거림을 주체 못하고 펄럭이는 내 쪽에서 먼저 고백하기로 해요. 달은 밤이라는 확신이 있어서 밤에 뜨는 건 아닐 테니까요. 해도 마찬가지로 아침이라는 확신이 있어서 아침마다 뜨는 건 아닐 테니까요. 확신과 의심 사이에서 방황하다가 뒤늦게 뜨는 날이 더 많았을 테니까요. 늦어도 좋으니 일단 뜨기만 하면 세상이 밝아지는 일이니까요.

준비해둔 반지는 '약속'이라는 의미를 가지고 있어요. 약속으로 고른 이유는 이 세상 모든 약속은 현실이 되기 때문이에요. 비현실에서 존재하는 약속은 없어요. 나는 그와의 모든 현실을 원하고 있어요. 어서 12월이 왔으면 해요. 약속도 했으면 해요.

제주를

떠나 있어 보려고요

제주에서 모든 것이 시작되었기에 제주를 벗어나면 내가 가진 모든 것이 망가질지도 모른다고 생각했어요. 하지만 제주를 벗어나자 내가 할 수 있는 것과 갈 수 있는 곳이 많아졌어요. 잠시 긴 산책을 다녀온 것에 불과했지요. 이렇게 모든 것이 가능한 상태에서 나는 부다페스트로 떠나 그곳에서 정착하기로 마음먹었어요.

내 사랑은 어떻게 되었냐고요?

가능해졌어요. 부다페스트에서의 나의 삶은 가능해졌어요. 부다페스트에 도착해서 처음 며칠은 한 가지 문제 때문에 너무도 힘들었어요. 야경을 구경하다가 박쥐와 마주쳐도 전혀 이상하지 않으리만큼 음울하고 우울한 분위기 때문이 아닌, 어디선가 자꾸만 불어오는 매큼한 냄새 때문에 힘들었어요. 그건 나무를 태우는 냄새 같기도 했고, 뜨겁게 달궈진 아스팔트 냄새 같기도 했고, 교정한 친구의 입냄새 같기도 했어요. 매큼한 냄새와 전혀 관련이 없는 굴뚝빵을 씹어 먹을 때도 매큼한 맛이 느껴져서 불편했어요. 나의 매사에 참견하는 것 같았지요. 아침에 일어나서 집안의 공기를 순환시키려고 창문을 열었다가 도발적인 매큼한 냄새에 놀라 창문을 수차례 세게 닫기도 했어요. 이 매큼한 냄새는 제주에 처음 정착했을 당시에도 맡아졌었어요. 난 그게 옆집 할아버지가 마당에서 쓰레기 태우는 냄새인 줄 알았는데, 부다페스트에서도 맡아지는 걸 보니 무언가를 태우는 냄새가 아니라는 결론에 이르렀지요.

정착의 냄새라고밖에는 설명되지 않네요.

부다페스트에서의 나의 첫 소비는 초코우유였어요. 헝가리어는 잘 모르기 때문에 마트에 들어서자마자 영어를 찾고 있었는데 눈 씻고 찾아도 영어가 적힌 식품은 없었어요. 하는 수 없이 대충 초코우유로 느껴지는 갈색 물을 집은 다음에 계산대로 갔어요. 그걸 들고 거주지로 돌아오는 내내 이건 초코우유가 아니라 섬유 유연제나 세제일지도 모른다고 상상하니 헛웃음이 나왔어요.

마트에 한 번 가려면 세체니다리를 건너야 하고, 사랑하는 사람과 건너야 하는 세체니다리를 자꾸만 혼자 건너는 것이 마음에 걸려서 가능하면 마트에 가는 횟수를 줄이려고 하는 나였기에 가능한 헛웃음이었어요.

다행히 갈색 물에서는 달콤함이 느껴졌고, 나의 배도 아프지 않았네요.

난 여전히 헝가리어를 할 줄 모르고, 모르기에 이곳 사람들의 목소리가 들리지 않아요. 상대를 알고 싶으면 오로지 상대의 행동만으로 그 사람을 파악해야 하지요. 상대가 떠드는 말에 집중하지 않은 채로 상대의 행동에만 집중하니까 더 정확한 진단이 내려지더군요. 언어에 다치고, 언어에 흔들리던 나의 사랑에 어울리는 깨달음인 거죠. 나 앞으로 사랑 앞에서 귀는 닫고 눈으로만 들으려고 해요. 그게 맞는 것 같아요. 눈으로 하는 모든 로맨스가 가능한 이곳, 부다페스트에서요.

'부다페스트'라고
발음하면
어떻게 들려요?

부다페스트에서는 모두가 나에게 길을 물어요. 부다페스트
뿐만 아니라 세계 어느 나라에서도 모두가 나에게 길을 묻
고, 그럴 때면 나는 제법 길을 잘 찾아주곤 해요. 사람들은
나도 본인들처럼 여행자라는 사실을 모르는 것 같아요. 상
관없어요. 난 그들이 좋아하는 여행을 좋아하지 않으니까
요. 타고나기를 여행보다는 정착이 체질인 사람으로 태어
났으니까요.

이곳에서 183일간 정착할 거예요.
계획이라고는 183이라는 숫자밖에 없어요.

부다페스트로 떠나오기 전에 그에게 와인을 선물했어요.
와인을 건네며 이 와인의 의미를 차분히 설명해줬는데 그
는 아무런 대답을 하지 않았어요. 속상한 기분이 들었지만
크게 상관없었어요. 그가 와인을 입에 댔기에 이미 그의 몸
에는 방랑자의 피가 지워지고 정착자의 피가 흐르기 시작
했을 테니까요. 마법 같은 이 와인의 상표에는 그가 있어
요. 오랜 방랑의 생활을 끝마치고 정착할 곳을 찾은, 환희
에 젖은 그의 뒷모습이 있어요. 방랑자의 와인으로 유명하

지만 와인의 숨은 의미는 정착이기에 그 반전이 매력적으로 느껴지는 와인이지요. 나는 맛도 못 봤지만 까다로운 그의 입맛에 잘 맞았을 거예요.

부다페스트가 좋은 이유는 그가 없이도 잘 살아갈 수 있을 것만 같아서예요. 여태껏 나만 그가 없이 못 살았지, 그는 나 없이도 잘 살아왔잖아요. 그와 나 사이에도 반전이 필요한 때라고 생각해요. 기억이나 추억과 나란히 걸으면 인생은 망가지기에 자꾸만 낯선 쪽으로 개척해야 하거든요. 나는 이제 그를 별로 사랑하지 않는 것 같아요, 라고 말하면 나에게 무관심하던 그를 순간적으로 강하게 이끌 수 있긴 하지요. 그렇지만 문제는 오늘 나에게 그만한 밀고 당김의 여유가 있는가예요. 그에게 상처받기에는 부다페스트가 너무도 아름다워요.

그가 없이도 잘 살아갈 수 있다는 선명한 확신을 가지고 싶어서 혼자 밤길을 걸어봤어요. 밤길은 어떤 식으로든 나를 위태로운 상황에 놓이게 만드니까요. 하지만 기대했던 것과는 달리 부다페스트의 밤길은 한낮의 태양보다 밝았어요. 세상을 온통 검게 만들지 않고 온통 노란빛으로 물들이고 있었어요. 그렇기에 야경의 용도에 맞는 확신이 들었어요.

"당신은 부다페스트를 거부할 수 없을 거예요.
이제부터는 당신이 나에게 이끌릴 거예요."

내가 아니라 그가 나의 꽃

1판 1쇄	2020년 6월 8일
1판 2쇄	2020년 6월 16일

지은이	이원하

책임편집	이희숙
편집	박선주 이희연
디자인	김선미
제작	강신은 김동욱 임현식
마케팅	송승헌 이지민
홍보	김희숙 김상만 지문희 우상희

펴낸이	이병률
펴낸곳	달 출판사
출판등록	2009년 5월 26일 제406-2009-000034호

주소	10881 경기도 파주시 회동길 455-3
✉	dal@munhak.com
🐦 f 📷	dalpublishers

전화번호	031-8071-8682(편집) 031-8071-8671(마케팅)
팩스	031-8071-8672

ISBN	979-11-5816-112-5 03810